キング誕生

池袋ウエストゲートパーク青春篇

石田衣良

文藝春秋

目次

キング誕生

池袋ウエストゲートパーク青春篇

誰にだって忘れられない夏の一日があるよな。

切ない夏の終わりと、ついでに青春の終わりを記念する特別な一日だ。

ガラスの粉でも混ぜたように空気が澄んで、頬をなでる風はカミソリみたいにひやりと冷たくなる。長袖のシャツを着るのって、こんな感じだったのか。プールからあがったばかりみたいに、妙にコットンの布地があたたかで、肌にちりちりふれてくる。

灼熱《しゃくねつ》の季節が終わり、クールダウンの九月がやってきた。

宝くじもあたらなかった。いい女にも出会わなかった。学校も、バイトも、おまけに家もクソの山みたい。今年の夏も、なにもいいことないまま、終わっちまったなあ、あんたの夏だって、毎年そんなもんだろ。

なにもなかったけれど、思いなおしてみると今年もまあいい夏だった。

そんなふうに振り返る日。

おれにもいつまでたっても忘れられない夏の終わりの一日がある。

正確には、おれと池袋のキング、安藤崇《あんどうたかし》に。

そいつは同時にタカシのひとりきりの兄貴、安藤猛《たける》の命日《めいにち》でもある。

タカシは氷のキングと呼ばれているが、タケルはみんなからボスと慕われていた。部下思いの心あたたかでやさしいボスだ。タケルは自分では決してトップになろうとしなかったが、池袋のチームをまとめ、Gボーイズをつくりあげた実質的な創設者でもある。

これから、おれがする話は、どんなふうにタケルが戦国状態だった池袋を制覇《せいは》したか、どんなふうによその地域のチームと闘ったか。みんなのボスがなぜ死んでいったかという話。

そして、ボスの弟・タカシがどう兄貴のタケルの仇《かたき》を討ち、決して笑わない池袋の絶対君主となったのか。やつが少年の心を捨て、非情のキングになるまでの物語だ。

さあ、準備はいいか。ちゃんとキャンドルはひとり一本ずつもってきたか。

ひと晩は消えないバカでかいキャンドルにさっさと灯をつけよう。

場所はもちろん首都高速五号池袋線の高架しただ。あんたも自分のキャンドルに、灯をともすといい。今年もタケルにはいい命日になるだろう。

この世界は無情だが、おれたちが物語を話すとき、語られたその人間は確かに生きている。幽霊やゾンビなんて目じゃないのだ。おれたちが心をこめて誰かを思いだし、そいつについて語れば、亡くなった人間だって血も涙も流すんだ。腹を抱えて笑い、いつもの通りでコンビニに立ち寄り、ときにすごい威力の右ストレートなんかを放ったりする。

ボスはおれやタカシの胸のなかにいるだけでなく、池袋の何百というGボーイズの生ける伝説なのだ。

さあ、話を始めよう。夏の終わりの夜明けまで、もうすこし時間がある。


「おい、待てよ。タカシ」

おれはサンシャイン通りの先をいく白い半袖シャツの背中に声をかけた。けっして肉づきはよくない。薄い板のようなガキの背中。やつは歩みをとめずに、正面をむいたままいった。

「おまえか、マコト。こっちくんな、しっしっ」

おれは半分残っていた焼きそばパンを口に押しこんだ。おふくろは毎日朝めしをつくってくれるが、目が覚めたとたんにみそ汁とごはんはきついよな。サンシャイン通りのパン屋で好きなパンを買い、半リットルのコーヒー牛乳で流しこむのが、おれの朝の定番。

ごくんとコッペパンがのどをとおったら、紙パックをコンビニのゴミ箱に投げこんで、おれは助走をつけ、やつの背中に飛びひざ蹴りをかました。

「痛いな、マコト。ノックアウト強盗かよ。おれ、身体弱いんだから、手加減しろ」

振りむいた顔には、夏なのにマスク。タカシの場合、ファッションなのか、夏風邪なのかよくわからない。おれはいう。

「中野の授業、だるいなあ」

数値制御の旋盤《せんばん》の操作法を学ぶ金属加工の授業だった。ものすごく正確に複雑な形のシャフトやステムを削りだせるんだが、おれたちには用なし。おれもタカシも別に町工場で働くつもりなどなかった。トヨタやパナソニックの工場で働く気もない。まあ、まともに働く気なんて、はじめからぜんぜんないのだ。まだ十七歳だしな。

おれたちのかよう都立豊島《としま》工業高校は生徒の三分の一が学校をドロップアウトする不良の名門校。ケンカや他校との出入りはあたりまえ。調子をこいたやつは、卒業式からその足で、池袋に百はある中小暴力団に就職する。それも立派な生きる道だ。学校はそっち方面の進路相談にはのってくれないけどね。タカシがおおまじめな顔でいう。

「バックれるか」

「ああ、ゲーセンでもいってヒマつぶそう」

おれたちはそのままサンシャイン通りを左に曲がり、朝の通学路からそれていった。


東急ハンズの裏にあるゲームセンターにはいる。店の名はゲームジャンボリーというんだが、オーナーはすごいじいさん。もっとも店にはほとんど顔をださずに、池袋駅北口にあるソープランドに毎週かよっているという噂だ。七十すぎてもちゃんとエッチできるなんて驚きだ。

「タカシ、マコト。またきたのか、だいじょうぶか、学校？」

薄暗い店内で白いシャツにぺらぺらのベストを着た田宮《たみや》さんが声をかけてくる。ダンスビートのシンセベースがやかましくて、声を張らなきゃならない。

「平気、平気、NC旋盤なんてだるくて、やってられないっしょ」

「ああ、中野のおっさんか、なつかしいな」

田宮さんはうちの工業高校卒の二コうえの先輩で、タカシの兄・タケルの友達だ。ボクシング部のOBで、階級はバンタム級。小柄だからな。タカシはさっと制服のパンツから、店の会員カードをとりだした。

「ミヤさん、おれに二百枚、こいつにも百枚おろしてやって」

「おまえ、すごいな。カードに三千枚以上メダルためてるの、うちの店でおまえだけだ」

なんにしても手先の器用なやつっているよな。タカシはまさにそのタイプ。ジャンボリーにくるたびにメダルを増やしていく。おれはといえば、なぜかタカシからメダルを恵んでもらうばかり。そういえば、タカシはアナログの旋盤のあつかいも驚異的なうまさだった。中野はタカシに技能オリンピックにでてみないかと、真剣にくどいていたくらいだ。なにせ感覚が繊細なんだ。コンマ一ミリ以下の誤差が指でふれただけで、ぴたりとわかる。

おれたちはアメリカ製の菓子が塔のように積まれたゲーム機にむかった。まず最初にチョコバーやチューイングガムをとり、そいつをくいながら、のんびりとメダルを落す作戦だ。おれが二十枚ばかり使用して、スニッカーズを一本ゲットするあいだに、タカシはカゴいっぱいの菓子をとった。あきれてやつにいう。

「おまえ、なんなの。世界メダルゲーム選手権があれば、チャンピオンだな。どうやるんだよ、それ」

タカシはハーシーのマカデミアナッツのハニーローストを投げてよこした。おれの好物。

やつの声は控え目なので、ゲーセンではひどくききにくい。

「……タイミングだけだよ。あそこにメダルをおけば、お菓子の山が崩れる。そういうところにピンポイントで、メダルをそっと落す。かんたんだろ」

おれにはぜんぜんかんたんじゃなかった。

「だいたいおまえのところの兄弟って、おかしいよな」

「そうかな」

「だって兄貴のタケルはインターハイ準優勝だろ。そのうちプロのボクサーになって、日本チャンピオンだ」

安藤猛はうちの高校のボクシング部主将で、ライト級で高校総体二位になった。まあ、うちの卒業生の超有名人というわけ。今はときどきアルバイトをしながら、ふらふらしてる。

「本人は迷っているみたいだよ。性格がプロむきじゃないって。ボクサーのくせに、人を殴り倒すのが好きじゃないんだ。おれはどっちでもいいと思うけど。プロのボクサーなんて、たいへんそうだろ。具志堅《ぐしけん》みたいに、ちょっちゅね、ぼけちゃうかもしれないしさ」

「そうかもな。タケルさんなら、人望もあるし、会社とかやっても成功するかもしんない」

「うちの兄貴に比べたら、おれなんて普通だよ。うまいのメダルゲームと旋盤くらいだもん。身体鍛えるなんてしんどいし、ボクシングなんて怖くてできない」

やつのメダルがガイドレールを滑り落ちて、ガラスのむこうの菓子の塔の不安定な足元に落ちた。機械のバーがメダルを押しこむ。ゆっくりとスローモーションで輸入菓子の塔が崩れ落ち、とりだし口に消えた。田宮さんがやってきて、菓子をとっていく。

「またメダルに替えるんだろ。タカシ、うちの店のこともすこしは考えろよ。おれの時給なんて最低なんだからな」

これでまた百枚のメダル貯金が、やつのカードに増えていく。

「これ、ゲーセンだから金にならないけど、いっしょに組んでパチスロで稼がないか。おまえの目のよさとタイミングだっけ、そいつがあればいくらでも金になりそうだ」

タカシが遠い目をした。

「卒業したらか」

「ああ、そうだ。それで日本中の街をまわって、旅打ちする。その土地のうまいものってさ。昼はグリーン車の旅」

おれにしたら一年半後の卒業式なんて、はるか先の未来の話だった。タカシが新たなメダルを立て続けに、四、五枚落とし、新しい菓子の塔を崩していく。

「おれたちに未来なんか、あるのかな。おれは自分の命なんて、あんまり長くないような気がする。尾崎豊じゃないけど、ある日あっさり死ぬんじゃないかな」

なぜか、おれは腹が立った。

「そんなこというなよ。古文の時間に習っただろ。日本には言霊《ことだま》ってやつがあって、口にしたことはそのまま実現するんだぞ」

タカシはマスクをとり、愉快そうに笑った。くやしい話だが、なんというかやつはうちの高校イチのイケメンだ。女子の視線がうるさくてマスクをしてる男と親友なのだ。おれの立場を考えてみてほしい。

「心配してるのか。おれのこと。別に死んだっていいと思うけどな。世界もこの街もおれが消えたって、なにも変わらない」

「中二病か。おまえが死んだら、タケルさんも、おふくろさんも、それにおれだって悲しむよ」

タカシの父親はやつがガキのころ病気で亡くなっている。脳のなかの血管が切れたか、詰まったかしたらしい。うちと同じような家庭環境なので、おれたちは自然に親しくなった。タカシは腹を抱えて笑っている。

「苦しい、マコトがおれのために泣くのか。おまえ、あまいやつだなー」

腹が立ったので、おれはやつのカゴからひとつかみメダルをとってやった。いい気味。

「おれは誰が死んでも、きっと泣かないな。最低の冷血人間だから」

口だけだ。そうでないことは、いっしょに『火垂るの墓』をテレビで観たおれがしっている。タカシはもう十回は見てるのに、最初の駅のシーンで涙ぐんでいた。

「おまえって、変だな。いいとこを兄貴のタケルさんが全部もっていっちまったのかも」

おれがそういうと、やつは目に見えないほどの速さで、おれのカゴからメダルをとりもどした。こういうことに素質があるのかわからないが、とにかくタケルとタカシの安藤兄弟はやたらと手にスピードがあるんだ。それをちゃんとボクシングに生かしてるのは兄貴だけだけれど。

おれたちがメダルをとりあってじゃれていると、ゲーセンのガラス扉が開いた。ジャンボリーはしょぼい店だから手動式。

「たいへんだ、ミヤさん。すぐきてくれ」

うちの高校のバスケ部三年・森村《もりむら》さんだった。背は高いが、ひどく細い。制服ではなく、Tシャツ一枚だから学校はおれたちと同じでさぼっているのだろう。ミヤさんの顔色がさっと変わった。

「なにがあった？」

「新宿のやつらがきてる。練馬のガキもいっしょだ。東口のP′パルコのあたりにいる」

ミヤさんがアルバイトから、出入りの厳しい顔に変わった。その夏、東京では繁華街ごとにチーマーのヘッドが巨大組織をつくり始めていた。池袋のチームはとなりの新宿と抗争を繰り返している。敵の敵は味方というわけで、渋谷のチームとは友好関係を結んでいるらしい。新宿にももちろん同盟軍がいて、とんでもない田舎で数だけは多い練馬のチームがくっついている。

ミヤさんが制服のベストを脱いでいった。

「何人だ？」

「二十人くらいだそうです」

「おまえは見てないのか」

「はい。携帯でネタがまわってきただけなんで」

森村さんがおれたちに気づくと、ちっと舌打ちした。

「なんだ、安藤の弟のほうか。おまえたちじゃ、出入りの役には立ちそうもないな。まあ、いいか。数あわせに顔貸してくれ」

おれは平和主義者なので、ケンカは遠くから見ているタイプ。タカシは兄貴とは逆で、暴力沙汰の起こりそうな場所には絶対に近づかなかった。なんでもタカシはガキのころ喘息気味で、おふくろさんから激しい運動は禁じられていたそうだ。タカシが口のなかでつぶやいた。

「めんどくさいな」

ミヤさんがぎろりとにらむ。

「タケルの弟でも許さないぞ。池袋を守るためだろうが。さっさとケツをあげろ」

小柄なミヤさんだが怒ると手がつけられない。おれたちはしぶしぶ立ちあがり、制服のまま新宿練馬連合が待つ池袋駅東口にむかった。

ミヤさんはゲーセンのガラスドアに、本日休業の札をさげた。速足で先をいくミヤさんと森村さんにおれたちはついていった。サンシャイン通りは出勤するサラリーマンで混雑中。タカシは小声でいう。

「練馬のやつらのチームなんていうんだっけ」

おれは街の噂やアンダーグラウンドの話には、自分でも意外なくらいくわしい。情報のジャンキーなのかもしれない。

「練馬ブラックホース」

「新宿は？」

「ニュースターズ」

「演歌のグループみたいだな」

おれはどうでもいい小ネタを披露してやった。

「最後のズはSじゃなくてZだけどな。埼玉のチームはしってるか」

「わかんない」

「埼玉ライノーズ。動物のサイから」

「じゃあ、池袋は」

「そいつはおまえの兄貴にきいてくれ。今、ようやくまとまりかけたところだろ。まだ名前はないはずだ」

　池袋には数十のチームがあり、それぞれがばらばらに活動していた。スケートボード、ダンス、ナンパに武闘派、その他のパーティ野郎ども。いろいろな派閥が勝手にストリートライフをたのしんでいたのだ。それが街同士の抗争で変わった。組織をしっかりと構成し対抗しなければ、ほかの街からの侵略に耐えられなくなったからだ。

　戦国時代の池袋をまとめようとしているのが、タカシの兄の安藤猛だった。ライト級高校総体準優勝、池袋のノブナガ・オダだ。


　駅前の幅数十メートルはある横断歩道をわたると、もうすぐ現場だった。おれたちは西口に抜ける地下道につながる路地にはいった。どうも雰囲気がおかしい。会社員やO

Lは目を伏せて、足早にとおりすぎていく。ふたつのグループが数メートルの距離をおいて、地下道の入口でにらみあっていた。新宿のやつらは紫のチームカラーですぐにわかった。バンダナ、キャップ、リストバンドにTシャツ。どこかに紫がある。練馬のやつらのチームカラーは名前のとおり黒。紫と黒で染まった二十人ほどのガキをせきとめるように、ばらばらのチームカラーの池袋の見慣れた顔のガキが立つ。

ミヤさんが到着すると、池袋のガキがふたつに割れた。まっすぐに新宿のチーマーに歩いていく。ゲーセンのバイトは恐ろしい顔をした。目だけつりあげ、口元はだらしなく舌をだして笑ったのだ。おれが読んだメッセージはこうだ。殺すぞ、そのあと、おまえの血をなめてやる。

「ここはまずいだろ」

にやにやしながらミヤさんがいった。バンタム級とウエイトは軽いが、必殺の右フックをもっている。むこうからもひとりのガキがあらわれた。体重ならミヤさんの倍はありそうな固太りのガキ。ベッドカバーくらいある広大な紫のTシャツ。胸には英語で、ファイト・オア・ダイ。

「おまえの墓場にまずいのか、チビ」

「かわいい子ブタちゃんだな。この先に人のこない公園がある。ゆっくりとこぶしで話をしたいなら、全員まとめて顔貸せっていってんだよ」

ミヤさんは返事も待たずに、線路沿いの路地を歩きだした。池袋のガキがそのあとに続くと、新宿練馬連合が距離をおいてついてくる。

おれはタカシにささやいた。

「まずいな。このままだとばっちりをくらう」

マスクをつけたタカシは冷静だった。

「逃げ足なら、おれたち自信あるだろ。やばくなったら、さっさとトンズラだ」

そうはいってもこれからなぐりあうガキの集団には、ぴりぴりと肌を刺すような緊張感があった。空気が帯電しているようだ。おれは胃がむかむかしていた。世界中どの国でも同じだが、血の気の多い若いオスは愚かなものだ。いっそのこと、早くジジイにでもなればいいんだが。

児童遊園はＪＲの線路をわたる歩道橋のかげにある猫の額ほどの湿った砂地だった。錆びたブランコと鉄棒に、ペンキのはげたゾウの滑り台。砂場にいたネコはおれたちを見ると、すぐに植えこみに消えた。全員が園内にはいると、ミヤさんが命じた。

「人がはいってこないように、入口張っとけ」

池袋のチーマーがふたり、自転車どめの鋼管が埋められた入口に残った。紫と黒の集団にむかって、ミヤさんがいった。

「二十対二十でもいいけど、時間がかかって面倒だろ。おれ、バイトの途中だしな。どうだ、そこのデブ。今日はタイマンで片つけないか。おまえとおれで勝負して、残りのガキは手をださない。負けたほうは素直に帰る。どうだ、子ブタちゃん」

さすがにミヤさんだった。最初から事態の収拾を考えている。紫Tシャツのデブが生ハムのような腕を組んでいう。

「負けたら帰るって、なんだよ。おまえらには負けて帰るとこなんて、ないだろ。ここが地元なんだからな。尻尾をまいて、どっかよそにでもいくのか。おれたちは負けましたってな」

固太りのデブが笑うと、新宿練馬のガキが声をそろえて笑った。笑うというより、声で恫喝《どうかつ》する感じだ。おれはこんな雰囲気が苦手。

「ミヤさん、デブの腹に穴あけてください」

「池袋のチビ、ぺしゃんこに押し潰せ」

双方のガキから上品な応援が飛んだ。むこうのチームもデブの実力には自信があるようだった。

「そろそろやるか。そっちは別にひとりでなくていいぞ。つぎのガキを用意しとけ」

デブは首をゆっくりとまわした。頭蓋骨の一番おおきなところと同じ太さの首。やつはそれから腰をぐっと落とし、股を割って両手を盾のように身体のまえでそろえた。ぐいぐいと筋肉が盛りあがり、首が肩の筋肉に埋まっていく。

「よいしょ」

片足が伸びあがるように、ありえない角度であがった。四股《しこ》を踏んだ脚先は、池袋の夏空を垂直に示す。入道雲と夏の光。三十センチはありそうなバスケットシューズの底が、ばちんっと音を立てて、公園の砂地に土煙を立てる。

このデブはただ太ってるだけでなく相撲の本格的な経験者だ。ミヤさんのバンタム級は118ポンドまでだから、53キロとすこし。体重が倍というのは正確な見積もり。おれはタカシにいった。

「ミヤさん、だいじょうぶかな」

「さあな。つかまれば、やばいことになる」

ミヤさんはポケットから薄手のオープンフィンガーのグローブをだして、両手にはめた。猫背になりガードの姿勢をとる。つま先だけで、三度ほどステップを踏んだ。体重がないみたいだ。

「さあ、こいや。デブ」

「うぉー！」

叫び声をあげた紫のデブが急発進するダンプカーの勢いで、おおきさにしたら三分の一ほどのミヤさんに突っこんでいく。危ない。おれは目を閉じそうになった。だが、ミヤさんは水道栓みたいにとがったデブの頭が衝突する直前、軽やかなステップで右に半円を描いた。鞭《むち》のうなる音がきこえそうな左のジャブがふたつ、デブの脇腹に刺さる。続いて十分に腰をいれた右のフック。

おれはタカシのとなりで見ていたのだが、ミヤさんがパンチを打つたびにやつはぴくぴくと身体を震わせていた。いっしょに闘ってるみたいに。ミヤさんのパンチはすべてデブの脇腹に吸いこまれたが、やつはびくともしなかった。突進をとめると、首をこきこきと左右に振り、歯を見せて笑った。

「今のが全力か。ハエ叩きで、ぱちぱちされたみてーだな」

蹲踞《そんきょ》の姿勢から両手を地面につく。おれにはもう勝負のゆくえがわかった。体重差がありすぎるのだ。タカシにそっという。

「決着がつくまえに、さっさとここから逃げようぜ」

「いいから、見てろ」

弾丸のように紫のデブが二度目の突進をかけた。ミヤさんは今度は足をつかわなかった。正面から自分も突っこんでいく。右のこぶしが弓を引くように遅れてでていく。相手が突進するスピードに、自分のパンチのエネルギーを加える全力のカウンターだ。威力は何倍にもなる。デブにもその狙いがわかったのだろうが、やつはとまらなかった。

おれの首筋を冷たい汗が流れ落ちた。

「……やれるか」

そうつぶやいたのは、タカシだった。ぴくぴくと右の肩が動いているのは、ミヤさんといっしょにカウンターのタイミングを計っているのか。渾身の一撃がはいればやつを倒せるかもしれない。闘牛士も自分の何倍もある牛を倒す。

だが、紫のデブは一枚うわてだった。やつがやったのは、単純なカウンター対策。ほんのすこしだけ頭をさげて、額をつきだすだけ。頭蓋骨でも一番骨が厚く丈夫な額で受けたのだ。ミヤさんのグローブはやつの脂ののった額に吸いこまれ、ゴリンッという骨のひしゃげる音が湿った児童遊園に響いた。

こぶしを砕かれたミヤさんは痛がっているひまもなかった。顔面を丸々包むほどおおきなてのひらが襲ってきたのだ。自分の体重の倍もある大男から繰りだされた必殺の張り手だった。ミヤさんはそのまま吹き飛び、地面を二回転して静止した。砂まみれで身動きもしない。

　紫のデブは額にできたコブをなでながらいった。

「おいおい、一発で終わりかよ。さあ、つぎは誰だ？　いくらでも相手をしてやるぞ」

デブが吠えると、背後にいるガキどもはハイタッチの嵐になった。こっちのチームは沈黙。埼京線の電車が線路をやかましくとおりすぎていく。

「……待て、まだまだ」

　ミヤさんが生まれたばかりの子鹿のように足を震わせ、立とうとしていた。中腰まではいくけれど、両足は機能していなかった。骨がなくなったみたいにぐにゃぐにゃなのだ。顔から地面に落ちていく。ミヤさんの右手の小指はおかしな角度に曲がっていた。手の甲から生えた六本目の指のようだ。

「ミヤさん、もういいです」

　森村さんが涙声で叫んだ。そのとき、おれは児童遊園の入口から、男がひとり砂ぼこりのなかやってくるのを見た。アスファルトの熱で影が揺らいでいる。

「タケルさん」「ボスだ」「きてくれた」

沈み切っていた池袋のガキどもが、ざわざわと動きだす。タカシの兄貴はノンウォッシュのスリムジーンズに、白いTシャツ姿。タカシより彫りの深いイケメンだ。タカシの顔が女性的とすると、こちらはプエルトリコのボクサーみたいないい男。百八十センチにほんのわずかに足りない身長で、道路標識のポールみたいに細い。噂によるとサンシャイン通りでモデル事務所のスカウトに声をかけられたことがあるという。

タケルがミヤさんの肩に手をおいた。

「おまえはもういい。あとはまかせておけ」

タケルがまっすぐにむかってきた。新宿練馬連合のガキたちがお互いの目を見交わし、なにか小声で話している。池袋、ボス、ボクシング、スナイパー。不安げな様子を見て、ファイト・オア・ダイのデブが叫んだ。

「なにがボスだよ。びびってんじゃねえ。このおれが安藤猛をぶっ倒して、池袋をおれたちのもんにしてやんよ」

タケルはなにもいわない。ジーンズの尻ポケットから、オープンフィンガーのグローブをとりだす。両手にはめると、こぶしとこぶしを一度だけカツンッと乾いた音を立ててぶつけた。

「いつでもいいぞ」

紫デブが地面に両手をついた。タケルとデブのあいだの距離は三メートル。半身になったタケルは、ミヤさんと同じガードの姿勢をとる。

「ボスがなんぼのもんだー」

ひと声吠えると、紫Tシャツが突進した。頭部を守るように両腕をまえにあげ、タケルの胸のあたりにぶちかましていく。先ほどのミヤさんとの最初の立ち会いを、ビデオで再現したようだった。タケルは同じように右にサイドステップを踏んで、ジャブを二本突き刺す。スピードはミヤさんとは比較にならない。肩から放たれた稲妻《いなづま》だ。

ジャブには相手との距離を測るスコープの働きがあるが、タケルはそこにもうひとつの意味を加えていた。一角の鬼のように額に生えだしたコブをヒットしたのだ。肌が破れ、一撃でやつの顔の半分が噴きだした血で濡れた。ミヤさんの仇を討つためのファーストパンチだった。

二発目のジャブは紫のデブのあごの横あたりに決まった。もちろんジャブが二発あったくらいでは、百キロを超える大男の突進などとめられるはずがない。左のこぶしが鞭のようにもどると同時に、薄く開いたタケルの唇から息が漏れた。

「シッ」

シンバルでも叩いたような澄んだ高音だった。人の口からでる音とは思えない。タケルには力をいれている様子はない。うしろに引いた右の蹴り足から生まれた力に、腰の旋回力と肩の回転力が加わり、竜巻のようにぐんぐん加速されていく。腕を引く広背筋《こうはいきん》と伸ばす上腕三頭筋《じょうわんさんとうきん》は、ストッパーをはずされたばね仕掛けのように弾ける。無音のまま空気を切り裂くこぶしには、衝撃を相手にねじこむ手首のひねりも加えられていた。

タケルの右こぶしは、正確無比《せいかくむひ》に紫のデブのあごの先を撃ち抜いていた。光の速さで、つぎの瞬間引きもどされている。タケルはガードの姿勢をとったまま、ステップバックして距離をおいた。とんとんとちいさく跳ねている。

おれは銃で撃たれた人間を見たことはない。だが、きっとあのときの紫デブのようだろうと思うのだ。やつはその場でまっすぐしたに落ちた。重力に完敗したといった感じ。砂地に落ちた身体で脂肪が波のように揺れた。もう起きあがってはこない。

池袋のチームで歓声が爆発した。森村さんが叫んだ。

「もう二度とこの街にくるんじゃねーぞ。うちには絶対王者のボス、安藤タケルさんがいるんだからな」

おれたちはグーとグーを打ちあわせ、ジャンプしながらハイタッチをかわした。線路脇の薄暗い児童遊園を意気揚々《いきようよう》と引きあげていく。もう三十度は軽く超えているだろうが、気もちのいい暑さだった。

いいものを見せてもらった。あとで学校でみんなにこの話をしてやろう。

おれたちはP'パルコのまえで解散した。タケルは周囲をとりかこまれ、もみくちゃになっている。スーパースターだ。タカシは別に声をかけるでも、挨拶をするでもなかった。不機嫌そうにおれにいう。

「もういこうぜ。今からなら、昼の学食の席がとれる」

「ああ」

おれたちが東口の横断歩道にいこうとすると、タケルが声をかけてきた。

「タカシ、夕方、ボクシング部に顔をださないか。マコトもいっしょにどうだ?」

おれはボクシングはネット観戦専門。だが、この街のボスに声をかけられてうれしくないはずがない。タカシの顔も見ずに勝手にこたえた。

「はい、遊びにいかせてもらいます」

タカシはなにもいわずに先にいってしまう。おれは顔がほとんど隠れるくらいマスクをあげたタカシのあとを追った。

「いったいなんであんなことができるんだろうな」

おれはまだ興奮していた。サンシャイン通りには呼びこみがたくさん。五メートルごとにショップのBGMが切り替わり、腹にビートが響いてくる。おれは自然にタケルの踊るようなステップをまねていた。

「スナイパー」

タカシがぼそりという。おれはフリルをどっさりとミニスカートのしたにたたんだメイドカフェの女の網タイツの足を見ていた。ボンレスハムみたいに網目からあまった肉が盛りあがっている。ああいうだらしない足を肉感的と大人はいうのかな。

「なんだって？」

「だから、スナイパー、狙撃手だ。タケルのなにがすごいかって話だろ。パワーでも、スピードでも、パンチの威力でもない。タケルは動くものをものすごい精度で、正確に撃ち抜けるんだ。あいつのコーチにきいたことがある。そういうのは天性の才能で、訓練してもどうにかなるもんじゃないらしい」

おれは網タイツから音を立てて視線を引きはがし、タカシにきいた。

「じゃあ、もしミヤさんがタケルさんみたいな才能をもっていたら、倍くらいあるあんなでかい男でも倒せたのか」

タカシはあたりまえのようにいった。

「ああ、できる。ミヤさんのパンチ力で十分だ。あごの先へのパンチは、テコの原理で何倍もの衝撃で頭蓋骨のなかの脳を揺さぶる。あそこに正確に打てるなら、おれやマコトの力でも十分あのデブを倒せたさ」

いかれた兄弟だった。タカシは自分もスーパースターの兄のように新宿練馬遠征軍最強の男を倒せるという。

「おれはともかく、おまえがあのデブを倒せるんだ？」

タカシはマスクをはずして、おれをじっと見た。サンシャイン通りのにぎわいが遠くなる。こいつは学校では目立たず、街では兄貴のかげに隠れて存在感ゼロのくせに、ときどきこんなおかしな目をすることがあった。誰にも自分はさわらせない、あるいは、世界を自分の好きなように動かしてみせる。そんな目をするガキは、すくなくともあの学校にはいなかった。完全に自分をコントロールできれば、世界だって手にはいる。自信なのか、妄想なのか、未完の計画なのか、よくわからない目。

「ああ、倒せる。勇気と精度があればな」

なんだか腹が立ったので、やつにいってやった。

「その両方を完璧にもってるのが、タケルさんというわけか」

「そうなんだろうな。張り手を一発くらえばおしまいのデブのまえに立ち、完璧なタイミングでただしい場所にパンチをあてる平常心があればな。おれには勇気がちょっと足りないみたいだけど」

おれはタカシがケンカをしているのを見たことがなかった。噂もきいたことがない。

「まあ、いいだろ。ケンカは兄貴にまかせておけよ。おまえは新宿との抗争より、メダルゲームのほうがあってる。そういえば、ジャンボリー午後の営業どうするんだろうな。ミヤさん、病院いっちまったし」

タカシが叫んだ。

「あっ、おれ今日とったスナックとメダル、ゲーセンにおいたままだ」

というわけで、おれたちはメダルを回収しに、休業中の札がかかった無人のゲーセンにもぐりこんだ。一枚もズルはしてないよ。無断で菓子はもっていったが、それはちゃんとタカシが落とした分だけだ。

学食の隅には、頭の悪そうなガキがひとクラス分集まっていた。金網のないサル山みたい。タカシの顔はない。やつは兄貴の英雄物語が嫌いだ。おれはもったいをつけて、ゆっくりとレモンティの五百ミリパックをのんでいた。知能指数が消費税分くらいしかないガキどもが、よだれを垂らしそうな顔でいう。

「なあ、マコト、早く話をしてくれよ」

「じらすな、もう街の噂がすげえんだ」

「相手のデブの体重は二百キロはあったんだろ。ミヤさん、一生寝たきりになったって話じゃないか」

おれはベテラン指揮者のように片手をあげて、ガキどもを静めた。右手の先にはストローが一本。なぜか、おれが街の話をすると、こいつらはみんなおおよろこび。街で出入りや事件があるたびに、おれの話がききたいといって、学食に呼びだされる。おれは頭の悪いガキ専用のジャーナリストというか、コラムニストというか、瓦版《かわらばん》書きなんだ。おもしろおかしく話をするだけで、生きていけるような仕事があればいいのに。それなら、おれの得意技だし、才能が生かされる。卒業後の進路に迷うこともないだろう。

「まあ、待てよ。ちゃんとこの目で見てきた飛び切りの話を今からしてやる。クライマックスでは絶対に息をするなよ。タケルさんと紫Tシャツのデブのタイマンは、一瞬でけりがつくからな。やつの体重は二百じゃない、だが軽く百二十キロはあった。てのひらはそこにあるトレイくらい」

おれは学食のテーブルにおいてあるぼこぼこになったアルミトレイをあごの先で示した。現代国語の時間には居眠りをしているガキどもが、目を輝かせ、おれを見ている。ストリートの事件ばかりをあつかう塾の講師もいい仕事かもしれない。

「嘘つくな。そんなにでかいはずがないだろ」

一番うしろのほうで、頭ひとつ抜けだしたバカでかい男が声をかけてきた。ドーベルマン殺しの山井だ。タケルさんが輝ける星なら、こいつはブラックホール。うちの高校の悪いほうの有名人。身長は百九十センチに近い。

「山井、おまえ、何キロだ?」

やつはじっとおれをにらんでいった。

「おれだって百ギリだ」

山井が怖くて、誰もなにもいわなかった。

「ちょっと立ってみろ」

ドーベル殺しが立ちあがる。おれはいう。

「右むいて、うしろむけ」

しぶしぶやつが身体を回転させた。おれは余裕でいってやる。

「おまえの身体の厚みの五割増しくらいはあった。やつは本格的な相撲の経験者で、どこかの部屋にいて悪すぎて首にでもなったんじゃないか。ただのデブだと思ったら、大火傷するぞ。山井、おまえでもやつの張り手をくらったら、むこうの壁まで吹き飛ぶさ」

おれはメニューがべたべた貼られた学食の後方の壁を指さす。チャーシューメン三百二十円。

「四股を踏むとき、やつの足はいっぱいに開いたコンパスみたいに、まっすぐあがったんだ。かかとがおまえの身長よりずっと高くな」

「すげえ……」

誰かが叫んだ。

「山井はいいから、マコトに話をさせろ。もう待ちきれないよ」

おれは野球部の二番バッターにうなずいて、話し始めた。

「いい子だ。ご静聴《せいちょう》ありがとう。始まりの場面は、東池袋のゲーセン・ジャンボリーだった。おれとタカシがメダルゲームで遊んでいると、バスケ部の森村先輩が駆けこんできた。『ミヤさん、たいへんだ。新宿のやつらが攻めてきた』ってな」

つかみはオーケー。ガキどもは息をのんで、おれの話にききいっている。それは山井も同じだった。おれたちはみな物語という弱点をもっている。つぎにどうなるか、気になってしかたないのだ。タケルの電光のような右ストレートと、おれの物語る街の話。どっちが強いか、いつか対決でもしてみたいものだ。

午後の授業はなんとか眠気をこらえて、のり切った。古文と世界史。平安時代の動詞の活用とか、東ローマ帝国の滅亡なんて勉強してなんになるんだろうな。おれには興味がまったくもてなかった。

放課後、おれはタカシを連れて、ボクシング部の練習場にいった。うちの高校は不良校らしく、ボクシング部はずっと名門なので、校庭の隅に専用のプレハブ小屋が建っている。窓が全開にしてあるので、遠くからでもサンドバッグを叩く音がきこえた。

「マジでいくのかよ」

タカシはあまり気がすすまない様子。無理もないよな。兄は池袋の無敵のスーパースター、弟は女みたいな顔をした細いガキなんだから。

「ちわーす、タケルさん、タカシ連れてきました」

練習場に足を踏みいれたとたんに、おれは一番嫌いな臭いにノックアウトされそうになった。若い男のしょっぱい汗の臭いだ。この臭いだけで女子高生を妊娠させられるかもしれない。タケルがおれに手をあげた。額には汗の粒がびっしり。

「よくきたな、マコト。学食でおれの話をしたんだって?」

スナイパー対紫ブタの決戦の話は、おれのバージョンで学校中で噂になっていた。まあ、パンチは打てないが、おれはつくり話がうまいのだ。

「ええ、タケルさんのこと、うんとカッコよくしときましたから」

歯を見せて笑うと、なぜかおれまでドキドキしてしまった。タカシは目を伏せたままだ。

「ちょっとマコトに頼みがあるんだ」

「なんすか」

おれは池袋のどのチームにも属していない。集団プレイが苦手なのだ。

「ミヤのことなんだが、あいつの右のこぶしは手術をしなければいけなくなった。てのひらの骨が何カ所か折れてる。開放骨折ってわかるか」

　タケルが顔をしかめていった。

「いえ」

「ぞっとするな。肌を破って、折れた骨が突きでてたんだ。手術後もリハビリが必要らしい。それで、すまないがジャンボリーの店番、おまえとタカシでなんとか面倒みてやってくれないか」

　そういうとゆっくりとタケルは首をまわし、周囲の部員に親指を立てた。

「ここのやつらは都大会の準備でいそがしいし、チームのやつらはあまり信用できない。おれのまわりにひまがあって、金のこともふくめて心配ないのは、おまえたちくらいなんだ」

　おれはとっさに計算した。ここで池袋のボスに貸しをつくっておくのもいいかもしれない。

「バイト代でるんですか」

「ああ、正規のバイト代はな。ひまなときは自分で遊んでもいいと、ジャンボリーのおやじがいっていた」

実のところおれは、ガキのころからおふくろに店番をまかされていたので、客あしらいは得意。うちの果物屋なら時給はタダだが、ゲーセンはバイト代もでる。文句なしだった。

「明日からいきます」

タケルがおれにメモを一枚よこした。店の鍵をおいてある場所、ミヤさんの携帯の番号、その他。もっともおれとタカシは始終あのゲーセンにいりびたっているので、店の様子は完全につかんでいた。

「タカシ、おまえもそれでいいだろ」

タケルの声は弟にむけるときやけにやさしくなる。タカシはそっぽをむいたまま、ひと言だけ口の端から漏らした。

「ああ」

現役ボクシング部員の視線が険《けわ》しくなる。タケルは歴史上の偉人だ。

「しっかり頼む。そういえば、このまえのコンビネーション、覚えたか」

部員たちがざわざわとした。タケルの弟がボクシングに興味があったなんて、初めてきいたのだろう。おれもしらなかったくらいだからな。タケルが紫デブを倒すときにつかった薄手のグローブをタカシの胸に投げた。タカシは右手をあげて受けとったが、片方を落してしまった。デブの血に染まっているからジャブを打った左手用だ。

タカシはあわてなかった。グローブが落ちていくのに気づくと、床に落ちるまえにさっと腰のあたりでつかんでしまう。それもグローブをつかみそこなった右手で。魔法のような速さ。手が速いというのは遺伝なのだろうか。タケルが笑った。

「そんな手をもってるやつは、東京中捜してもめったにいないんだけどな。教えてやったコンビネーション、打ってみろ」

タカシは大勢の部員のまえでも緊張しているようには見えなかった。グローブをつける。準備運動はしない。半袖の白シャツのまま、すたすたとサンドバッグに歩み寄る。すっと腕をあげてかまえると、タケルとは違って無音のままいきなりパンチを繰りだした。

左のジャブが二発、うしろの蹴り足をきかせた伸びのある右ストレート、左にサイドステップして切れのある左フック。これは頭とボディの二段打ちだ。もう一度、今度は右にステップを踏んで、ぎゅんと身体を沈めた。顔がサンドバッグにふれそうな距離に近づく。遅れてきたオーバーハンドの打ちおろしの右が、部室に大砲のような音を立てた。

タケルは目を細めて、弟の稲妻のようなコンビネーションを見つめていた。ひとりで拍手をする。ボクシング部員は呆然《ぼうぜん》としていた。おれと同じようにね。とても素人のパンチではなかった。ジャブで距離を計りながら相手を崩し、右ストレートで確かなダメージを与える。追ってきた相手の左側にまわりこみ、身体を密着させて上下二段のフック。たまらずに腹を抱えた相手のがら空きのテンプルに打ちおろしのオーバーハンド。このコンビネーションをくらって立っていられる相手がいるとは思えない。

　さすがにタカシはタケルの弟だった。部長の佐々木さんがいった。

「タカシくん、すごいじゃないですか。これだけやれるなら、ひと月後の都大会にだしても、すぐにベスト4は狙えます。もしかしたら決勝までいけるかも」

　タカシは肩で息をしていた。力をつかい果たしたのかもしれない。なにもいわない弟の代わりに、タケルがいった。

「いや、こいつはそういう大会とか、運動部とかは苦手なんだ。今のは最後の右以外は百点だ。いいか、あそこまで全部決まっていたら、最後の一発にはあんな力はいらない。精度とスピードのほうが大切だ」

　タケルはサンドバッグのタカシの右がはいったあたりをさすっていった。

「おまえはまだ自分の力がわかってない。人を殺したいわけじゃないだろ。おまえが打ったさっきのパンチはあたりどころが悪ければ、かんたんに人を殺せるんだ。それくらいの威力があるんだぞ。気をつけろよ」

タカシは荒く息をしながら、黙ってうなずいた。

「誰かシールとってきてくれ」

一年の部員が全速力で部室の隅にある机の引きだしから、赤いシールをとってくる。

タケルは顔のあたりにひとつ。左右のボディに二枚貼りつけた。

「せっかくきたんだ。じゃあ、今日はまた別なコンビネーションを教えてやるよ。今度のは相手を殺さないやつだ。死んだほうがましだと思わせるくらい苦しいけどな。見ていろ。力はいらない。精度とスピードだ」

タケルがかまえると部室の空気が変わった。エアコンでもいれたようにさっと十度ばかり冷えこむ。

「……シッ」

またあのシンバルみたいな音。タケルは腰を一段沈めて、したから突きあげるようなジャブを二発放った。そのまままさらに腰を落し、相手に密着する。左のボディフックを二連打。打ち終えて身体をねじり、右の重いフックを脇腹へ。そのまま相手の横をすり抜けると、脇腹の裏にボディアッパーを突き刺した。パンチはすべて揺れるサンドバッグのシールに正確にヒットしている。タケルは笑っていった。

「最後のは反則のキドニーブローだけどな。おまえにはルールは関係ないだろ。ジャブで顔をあげさせ、ボディの左右を徹底的に痛めつける。地獄の苦しさで、血の小便がとまらなくなる」

　タカシがぼそりといった。

「わかった。覚えとく」

　三年の佐々木さんが驚いた顔をする。

「タケルさん、それだけなんですか。今のコンビネーションの練習は？」

　タケルは肩をすくめた。

「こいつにはいらないんだ。さっきのコンビも、このまえおれが一度やってみせただけだ」

　ボクシング部員が騒然となった。嘘だろ、信じらんない。タカシは平気な顔をしている。タケルは兄の顔になって、うれしそうにいう。

「おれよりやつのほうが才能はうえかもしれない。まあ、こいつにはおれほど努力する才能はないみたいだけどな。あとは地味な練習ばかりだ。もういっていいぞ」

　タカシがいった。

「わかった」

やつがプレハブの練習小屋をでていく。おれも続こうとした。タケルがいう。

「マコト、おまえはちょっと待ってくれ。話がある」

池袋のボスがおれに用？　めずらしいこともあるものだ。


おれとボスが座ったのは、練習小屋のまえのベンチ。コーヒー牛乳の広告がはいった日にあせたプラスチック製。タケルはおれの肩に手をおいていった。

「いつもタカシとなかよくしてくれて、ありがとうな」

さすがにこの街のボスだった。部下をいい気にさせるのがうまい。弟のタカシには決定的に欠けているものだ。

「いや、別にむりしてないよ。なぜか、あいつとはうまがあうんだ」

「あいつのまわりに友達がぜんぜんいないのが気になってる。すごくいいやつなんだが、自分をうまく表現できない。だんだんとおかしな方向に曲がっていかないかと気になってるんだ」

グラウンドのむこう、池袋のビル街に夕日が沈んでいく。あまりの熱気にラグビーボールのように歪んでみえた。明日もきっと猛暑日《もうしょび》だろう。このまま夏休みに突入だ。

「なあ、マコト。ノックアウト強盗の話、きいてるか」

それならおれもしっていた。この二カ月ほど、池袋周辺はその噂でもちきりだ。夜道を男が歩いている。会社員でも大学生でもいい。そいつが若い男とすれ違う。どことって特徴のない黒っぽい服装のやせたガキ。すれ違いざま、いきなりガキはパンチを放つ。威力十分の右ストレート。倒れた会社員や大学生のカバンから、ガキはゆうゆうと財布を抜き、金だけ奪って去っていく。もう五件も連続していた。ＫＯキッド、この街ではそう呼ばれている。

「ノックアウト強盗がどうかしたんですか」

「ちょっと心配なことがある」

おれはタケルの顔を見た。めずらしく目が弱気になっている。おれははっとした。タケルの弱点は弟のタカシしかない。

「……やつのはずがない」

「たぶん、そうだろうとは思う。だがな、ボクサーのパンチは刀と同じだ。どれくらい切れるか確かめたくなってくる。あいつはあれだけの才能があるのに、場所もないし」

おれはボスをさえぎった。

「あいつはぶっきらぼうだけど、やさしいやつです。KOキッドのはずがない」

タケルはふうーとため息をついた。

「最近、夜になるとあいつの姿が見えないことがある。帰ってくるのは夜中だ。いつも目立たない黒っぽい服ででていく。おれがきいても、別にで終わりだ」

ぞっとした。おれはタカシのことをどれくらいわかっているのだろうか。

「そんなはずは……」

「おれもタカシを信じてる。おれがボクシング部に専念できたのも、あいつのおかげなんだ。うちはおまえのところと同じで、親父を早く亡くしている。おまけにおまえのとこと違って、おふくろの身体も弱い」

タカシのおふくろさんは病院をでたりはいったり。おれも何度か見舞いにいったことがある。若いころはすごい美人だったろうが、今は年よりもずっと老けてみえる。

「タカシがいつもおふくろについていてくれたから、おれはボクシングバカでいられた」

「……そうなんだ」

「さっきのゲーセンのバイトな、うちのチームのやつに振ってもよかったんだ。それでも、そっちにまかせたのは、そうすればいつもマコトがあいつのことを見ていられると思ってな。これからしばらくタカシの様子をそれとなく観察してくれないか。なにかあったら、すぐに教えてくれ」

　ボスのためにクラスメートをスパイする。気のすすまない依頼だった。だが、おれはタケルもタカシも好きだ。やらなきゃならないときは、嫌な仕事も責任をもってやらなきゃならない。

「わかったよ。なにかあれば報告する」

　グラウンドには弱小野球部と陸上部が散らばり、声をかけている。先輩バッチでーす。ナイスボール。おれは運動部の声かけが大嫌い。都心ののどかな光景だ。

「なあ、マコト。おれとタカシのどっちがすごいと思う？」

　いきなり不思議な質問だった。考えるまでもない。

「それはタケルさんでしょ。この街でボスといえば、若いやつなら誰でもしってる。ボスがひと声かければ、何百人でもガキが集まるって有名です。腕っぷしだって、最強だし」

　ふっとちいさく笑って、タケルがいった。

「みんながいうように、ほんとにそうなのかな。おれはもう全部の力をだして、いっぱいいっぱいな気がする。でも、タカシの器は底がしれない。兄貴の欲目《よくめ》かもしれないが、ボクシングだって本気でやれば、あいつのほうが才能はある」

タケルはやさしいのだと思った。この兄弟はどちらもやさしすぎて、おたがいに距離をおいてしまうのだ。

「全国で準優勝したタケルさんより、タカシのやつのほうが才能あるって、なんかおかしくないですか。それならやつはすぐに優勝できる」

愉快そうにふふふと、池袋のボスは笑った。

「そうなっても、おれは驚かないよ。さっきのコンビネーションだけど、おれはあれを自分のものにするのに三週間かかった。何百回サンドバッグと実戦で練習したかわからない。だが、あいつは一度見て、ものにした。おまえは気づかなかっただろうが、おれが適当に教えたときよりステップワークは改良してあった。タカシのバージョンのほうがコンマ何秒か、速くなるんだよ。あいつはおれが見たなかで最高の素材だ。うちの高校の数十人と高校総体でみた全国の選抜選手、それにおれが顔をだしてる街のジムのプロをふくめてな」

それだけいうなら、タカシの才能はほんものなんだろう。おれはボクシングにはたいしてくわしくない。おれはいわなくてもいいことをいってしまった。

「その才能をもしかするとノックアウト強盗につかってるかもしれない」

タケルがおれの肩にこぶしをとんっとあてた。

「そうでないことを、おまえが証明してくれ。頼んだぞ、マコト」

うなずいた。おれはベンチを立ち、夕日の校庭を歩いた。長く重い影を引きながら。


その日の晩めしは西武のデパ地下惣菜だった。筑前煮《ちくぜんに》とビーフストロガノフというおかしな組みあわせ。おふくろはいつも自分がたべたいものを適当に買ってくる。まあ街なかに住んでると、こういうところは便利だ。

わが家の食卓の会話はすくない。おれって反抗期？

「学校はどうだい」

おふくろは福神漬けのように甘辛の野菜の煮物を、ストロガノフのうえにのせてたべていた。変なの。黙っていると、スプーンを運びながらいった。

「あのノックアウト強盗っていうの、あれはひどいねえ。最近の若いもんは、なに考えてるんだか。いきなり人をなぐりつけるなんて、辻斬《つじぎ》りと同じじゃないか」

辻斬りか。刀をもっていれば、切れ味を確かめたくなる。タケルの台詞を思いだす。

いいパンチをもっていると、ガキは誰かに打ちたくなるものか。

「夕方、吉岡《よしおか》さんがきてね。池袋署の管内だけで四件。高田馬場や練馬でも同じようなのが三件も起きてるんだって。目撃情報では、全部同じ男らしいよ」

吉岡は少年課の平刑事。吐き気がでるほど気もち悪いことに、なぜかうちのおふくろに気があるらしく、ちょくちょく店に顔をだしにくる。

「安い服着て、頭も薄くて、おれが吉岡なら、生きてるのに絶望するな」

おふくろはスプーンをおいて、おれをにらみつけてきた。

「なにいってんだい。おまえが学校首にならなかったのは、吉岡さんのおかげだろう」

おれが一年のときに起こした、ちょっとしたケンカだった。悪いのはむこうの私立学校のお坊ちゃま。相手はふたりで、おれはひとり。

場所は東池袋のサンシャイン裏。おれは武闘派じゃないが、虫の居所が悪かった。先にしかけてきたのはむこうで、かんたんにたたきができると思ったらしい。おれに金をおいていけといったからな。お坊ちゃんの前歯を二枚折ったので、おれまで少年課に世話になった。

「あのとき吉岡さんがむこうの子の親御さんに話をつけてくれなきゃ、おまえは今ごろプー太郎だよ。まあ、今だってろくに学校もいってないし、似たようなものだけど。おまえ、将来どうするんだ」

　おれは口のなかでぼそりといった。

「そんなもん、わかるか」

　早くめしをくって、この尋問から逃げだしたい。むこうのガキの親はおれを民事で訴えるといってきた。そうなったら、吉岡は逆にうちのオフクロが訴え返すといったそうだ。強盗未遂の被害者として。うちには裁判をするような金はないから、はったりなんだが、それでおれもたすかった。だが、それと吉岡がうちのおふくろとつきあうのは別問題。

「まさか、あんた、ノックアウト強盗なんて、やってないよね」

「やるわけないだろ。週の半分はドラマ見たいとかいって、夜の店番おれにやらせてるだろうが。強盗にいくひまもないよ」

　だが、タカシは夜、家をでていくといった。すくなくとも、あいつには時間と破壊力抜群のパンチはありそうだ。おれは残りのビーフストロガノフをふた口でやっつけて、自分の部屋にいった。

翌週はめでたく、一学期の終業式。

七月終わりの抜けるような青空。今年は空梅雨《からつゆ》で、ほとんど雨がふっていない。池袋の街を歩く女たちの服の面積は最小だった。胸も尻も足も、ほぼ九十パーセントは見えてるんじゃないかというブラジル女みたいな格好。おれは担任から二通分の成績表をもらって、校門をでた。コンビニでカツカレーをふたつ買い、ゲーセン・ジャンボリーへ。

「タカシ、お疲れ」

奥のカウンターで弁当と成績表をわたしてやる。

「サンキュー。マコト、なか見てないよな」

「ああ、見てないよ。おまえが数学で八とるなんて、信じられないけどな」

おれは十段階評価で三。数学と物理を赤点ぎりぎりですり抜けて、なんとか単位をゲットした。

「ふざけんな。おまえのも見せろ」

数学八のやつに、三の成績表は死んでも見せたくなかった。おれは成績表を腰ばきした制服のパンツに押しこんだ。終業式なんて、だるいから手ぶらでいくもんな。荒っぽいじゃれあいになるかと思ったが、タカシはあっさりいった。

「アホの成績表なんて見ると、アホが移るからな。やめた。めし、くおう」

なぜかやけにおとなしいタカシ。拍子抜けして、おれも成績表を腹から抜いた。汗でやわやわになっちまうから。さっと開いてみせてやる。

「数学と物理は三だけど、国語は九だ。おまえより三ポイントもいい」

不思議議だが、おれは子どものころから国語だけはいつもほぼ最高点をとおしてきた。勉強もしていないし、たいして本も読んでいないが、妙に成績はいい。

「成績なんて、どうでもいいだろ。おれたちは高卒どまりなんだから。なあ、マコト、おまえ将来どうすんの」

コンビニのカレーのうえには薄い膜が張っていた。プラスチックのスプーンでかきまぜる。ドブでもさらっているようだ。

「食欲なくなるようなことというな。うちのおふくろみたいだな。おまえこそ、どうすんだよ」

タカシは遠い目をして、CGイラストのポスターだらけのゲーセンを眺めている。カラフルな廃墟というか、おたのしみの監獄というか。

「わかんない。将来なんて、おれにはないのかもしれない。誰かさ、おれがぐっすり寝てるうちに、痛くない方法で殺してくんないかな」

おれはボスの弟をじっと見つめた。

「マジか？」

十七歳で死にたくなるなんて、普通じゃない。毎朝、バキバキに元気なのに。

「ああ、ときどき心底そう思うね」

「だって、まだほんとうにやりたいこともやってないだろ。うまいものだってくってない。いい女ともやってない。仕事っつうか、やりがいのあるライフワークだって見つかってない。なんにもないじゃないか」

おれは親や教師みたいなことをいった。タカシは平然としている。

「だから、いいんだろ。うちの学校の先輩たちを見てみろ。みんな、社会の底辺じゃないか。高校生のうちはなんにもないから、逆に幻滅もない。卒業したら待っているのは、一生続くくだり坂だろ。マイナスになるまえに、プラスマイナスゼロで終わりにしたほうが、まだましじゃないか」

おれは腹が立って、トンカツを二枚まとめてくった。やつのは確かに正論だ。うちの学校の卒業生はみな工場で働くか、トラックを転がすか、飲食店で皿を洗っている。たいした夢は見られそうになかった。

「それはそうかもしんないけど、人生ってプラスとかマイナスだけじゃないだろ。おまえ、そんなんでやけになって……」

おれは危うくノックアウト強盗やってんじゃないよなと口走りそうになった。

「……おかしなことしてないよな」

「なんだよ、おかしなことって」

やはりなにを考えているのかわからない表情。だいたいタカシの顔色はひどく読みにくいのだ。

「まあ、いいや。タカシ、カツカレー代四百七十円とジュース代三百円な」

やつはポケットから裸の千円札を抜いた。縦に半分に折って、おれにさしだす。

「成績表ももってきてもらったし、おつりはいいや。とっておけ」

最後の一円まできっちりしていたタカシの異変だった。こいつは理由はわからないが、懐があたたかいらしい。またもノックアウト強盗という言葉が浮かぶ。

「悪いな」

なんとか口実をつけて、こいつの夜の生活を探らなければいけない。この街のボスに頼まれたからだけでなく、おれはタカシを守ってやりたかった。いけてない刑事の吉岡が、おれにしてくれたみたいにな。なにせ、タカシは将来のあるいい子なんだ。それはおれがよくしっている。

おれが心のなかでぐっとにぎりこぶしをつくっていると、タカシはいった。

「なんだよ、マコト。今日のおまえは気もち悪いな」

警察に逮捕されろ。少年院にぶちこまれろ。おれはそう思いながら、カレーの残りを片づけた。


ガラスの扉が開いたのは食後三十分ほどしてからだ。三角巾で右手を首からさげた病院帰りのミヤさんだった。

「おつかれーす」

おれとタカシの声がそろう。おれはいった。

「右手の調子はどうですか」

「不便だけど、なにもしなければ痛くはねえよ。リハビリ担当の看護師が鬼なんだ。手にプレートがはいってるのに、指動かせっていうんだぞ。エアコンきいてるのに、痛みで汗だくだ」

なんとなくおれはきいてみた。

「看護師って、女ですか」

ミヤさんが頬を赤くした。この先輩もこんな顔をするのだ。

「ああ、気が強い背のやけに高い女だよ」

「あー、そのパターン」

おれとタカシの声がまたもそろった。背の低いミヤさんは、背が高くてやせた女に徹底的に弱いのだ。おまけに気が強ければ最高点。

「うるせーな。余計な気をまわしてんじゃねえ。それより、きいたか？」

タカシはメダル販売機にカゴのメダルをざらざらと流しこむ。

「なにをですか」

「あの紫のデブの話だよ。あいつ、病院送りになったらしいぞ」

タカシが顔をあげた。真剣な目。

「兄貴のせいで？」

ミヤさんがむずかしい顔をした。

「いや、違う。あんなにきれいなパンチなら、後遺症《こういしょう》の心配はない。昨日、やつの地元の新宿に黄色いガキがやってきた。三、四人連れだったらしい。それで新宿のやつらを挑発した。紫のデブは後藤《ごとう》というんだが、むこうのチームの突撃隊長みたいなもんらしい。やつは黄色の挑発を受けて、タイマンを張った。場所は倒産した会社の倉庫だそうだ」

世のなかは広い。タケル以外にあんな怪物を倒せるガキがいるのだ。

「闘いの様子はくわしくわからないが、一方的だったらしい。それで後藤はひざを壊された。もう杖なしには歩けないんじゃないかといわれてるらしい」

おれは夏の空に高々とあがる紫デブのつま先を思いだした。あれは、なかなかの見ものだった。後藤が四股を踏めなくなるのは、なんだかひどい損失のような気がする。タカシが鋭くいう。

「黄色は、どこのチームですか」

「埼玉。ライノーズとかいうらしい。どういう意味だろうな」

まったくノーマークの死角だった。東京では繁華街ごとにゆるやかなチーム連合ができて対抗していたが、そこにいきなり埼玉からの刺客だ。それも池袋を飛び越して、どまんなかの新宿を狙ってきた。

「タケルが警報をだした。黄色いやつを見つけたら、気をつけろ。手をださずに、すぐに連絡網をまわせってな。くそ、おれの右手がこんなんじゃなかったらな。おい、おまえら、もうあがっていいぞ。あとはおれがやる。ほら、こづかい」

またも千円もらった。小銭でなく。


終業式のあとって、妙に淋しい気分になるよな。

夏休みは確かにうれしい。でも、毎日顔をあわせていた学校のダチと会えなくなるのは、ちょっと淋しい。おれやタカシみたいに部活をやってないとなおさらな。うちは貧乏なので、夏の旅行なんてもう七、八年はいっていなかった。まあ、おふくろとふたりで旅館に泊まるくらいなら、自分の部屋で寝てたほうがましだが。

おれとタカシは池袋で夜までだらだらとすごした。別なゲーセンにいき、ボーリングをやり、P′パルコをうろつき、疲れるとドリンク無料のマンガ喫茶にいき、時間をつぶした。夜めしはマクドナルド。百円マックふたつに、もちこみのコーラ。いつもの池袋の夜だった。

おれとしては、こんな感じでタカシとつるんで、夜のやつの様子を探り、単独行動をさせない作戦。とはいえ、家に帰るのが嫌なだけというところもある。高校生にとっては家の監獄感は半端ないよな。街は自由だが、居場所がない。家は居心地が悪い。どこにもいくとこないんだ。

マン喫をでたのは夜十時すこしまえ。さすがに池袋もこの時間になると、人波はだいぶ収まっていた。昼の太陽に熱せられたアスファルトは、まだ遠赤外線を放って、身体の芯から焼きあげようとしてくる。風は凪《な》いで、湿気は合宿所の洗い場みたい。おれたちがそろそろ帰ろうと、東口の風俗街をとおり抜けていたときだった。声をかけられた。

「あっ、マコト」

覚えのない声。暑さでむしゃくしゃしていたので、振りむきざま叫んだ。

「どこのどいつだ。勝手に呼び捨てすんじゃねえ」

ちょうどストリップ劇場のまんまえだった。ＡＶ界の新星、当劇場に降臨。手描きのポスターって味があっていいよな。

「待ってよ、マコトさん」

震えながら立っていたのは、うちのクラスのやつ。ほとんど口をきいたことがない存在感のないガキだった。名前は確か、藤本翔太《ふじもとしょうた》か翔吾《しょうご》。まあ、どっちでもいいや。リーゼントは形だけの、普通のいい家の子だ。

「あれ、フジモト、おまえ、顔赤くないか」

やつは胸を張った。黒いTシャツは、おれみたいな安ものじゃなく、たぶんサンローランかディオール。一枚二万か三万もするブランド品。首には太いシルバーのネックレスが重そうに垂れていた。

「ちょっと一杯やってきたんだ。ああ、安藤くんもいるのか」

フジモトはおれとタカシを頭の先からつま先まで、さっと観察した。顔色が変わる。

「ねえ、今晩これから時間ある？」

おれとタカシは顔を見あわせた。タカシがうなずいたので、おれはいった。

「どこにいくんだ」

フジモトは余裕を見せていった。

「おれのいきつけのキャバクラ」

ひっくり返りそうになった。こんな地味なガキがキャバクラがよいをしているのか。

十七歳で。

「冗談だろ。おれたち金ないぜ」

フジモトがにやにやしながら、おれの肩を初めて抱いた。教室では近づきさえしないんだがな。

「いいから、いいから。金は心配しないでいいから。おれがふたりにおごるよ。さあ、いこう。かわいい子、たくさんいるからさあ」

なんか調子のいいやつ。

「はい、素敵なお客さま、いらっしゃいましたー」

野太い声でボーイが叫んだ。店のなかはすべてガラスと鏡でできていた。店の名はクリスタルパレス。床はガラスで、したに白い砂が撒《ま》いてある。そこに青いネオン管が仕こまれていた。怪しくてきれい。ソファ席の境目はクリスタルビーズのカーテン。どこもかしこもキラキラして、音楽はブンブンというシンセベースしかきこえない。

おれの横にはサエカ（やせているのに胸だけでかい、顔はまあまあ）、タカシの横に

はクレア（カラコンで青い目の日本人、一番の美人）、フジモトの横には担当だという
エミリ（アニメ声のおしゃべり、二の腕にぶつぶつ）がついた。みなパンツの三角が見
えそうなマイクロミニ。ひざのうえには下着をわずかに隠すフリルのついたハンカチを
おいた。そこまで含めて制服なのだろうか。フジモトがいう。
「エミリ、いつものシャンパン、ボトルいれて」
「ありがとうございまーす。ドン・ペリニョンはいりました」
ボーイが繰り返した。ドン・ペリはいりました。
「このふたりは池袋じゃ、ちょっとした有名人だから、ちゃんとしてくれよ。こっちが
マコトさんで、すげえ話がおもしろくて、なんでもしってる。頭いいんだ」
おれの鼻がちょっと高くなった。フジモトにはそんなふうに見えていたのか。かわい
いやつ。女たちはへえーと気のない返事。
「それで、そっちがタカシさん。きいて驚け。池袋のボス・安藤猛さんの弟なんだぞ」
「キャー！　キャー！」
女たちがサイレンのような悲鳴をあげた。おれは女がそんなふうに叫ぶのを見たのは
初めてだった。マンガの擬態語《ぎたいご》みたいな声。
エミリが両手で名刺をさしだした。

「わたし、タケルさんの大ファンなんです。今度みんなでごはんたべにいこうって、いっておいてください」

サエカとクレアが声をあわせる。

「エミリだけずるい。いくなら、ここにいる全員だよー」

青い瞳のクレアがタカシに顔を近づけた。

「でも、タカシさんもよく見ると、すごくカッコいい。イケメンだー」

なぜだろう、イケメンという言葉だけで女たちは発情するようだ。単純な生きもの。おれはそんなこといわれたことないけど、別に平気。顔の代わりに言葉があるからな。

フジモトはかちんときたようだった。

「おいおい、シャンパン代だしてるの、おれだぞ。こっちもちゃんと接待してくれよ」

エミリのミドルサイズの胸をもんだ。おれたちは届いたシャンパンで乾杯した。フルートグラスって、慣れないと、なんかのみにくいよな。生まれて初めてのシャンパンの味はどうだったかって？　おれにはよくわからなかった。ただとても高価な液体だと思っただけだ。この店でなら一本五万はくだらないだろう。ボトルが空になると、フジモトはもう一本注文した。

やつはなにをして、こんな大金を稼いでいるのだろうか。

フジモトの親父はどこかの中小企業のサラリーマンだったはずだ。冴えない営業マン。なにか裏がある。おれはシャンパンをすすり、チョコレートでコーティングした柿の種をかじった。女たちの定番の下ネタをきく振りをしながら、急に成金になったガキの裏の顔を考えていた。


クリスタルパレスをでたのは、もうすぐ真夜中。

「今夜は最高だったなあ。女の子たちが、あんなにノリノリだったの、初めてかも」

その上機嫌はほとんどタカシと高価なシャンパンのせいだ。風俗街にもぽつぽつと最後の客が残るだけだった。おれたちは終業式だが、まだ平日だ。

「あー、のど渇いたなあ。マコト、タカシ、缶コーヒーでものむ？」

金を払ってからは、呼び捨てになっていた。新学期にこのままだったら、締めてやろうかな。フジモトは返事を待たずに、灯台のように白く浮かんだ自動販売機に駆けていく。きんきんに冷えた缶コーヒーをもって帰ってきた。腰の軽いやつ。

急にまじめな顔になって、おれたちにいう。

「十分間だけ、いいかな。話があるんだ。悪い話じゃない。今夜見たように金がざくざくはいる話なんだ」


おれたちがむかったのは、偶然だが、タケルと紫デブが死闘を演じた児童遊園。この時間は完全に無人。真夜中のゾウさん滑り台って淋しいよな。錆びたブランコの周囲をかこむ鉄パイプに、すこしずつ距離をおいて腰かけた。

「ほんとにかんたんな仕事なんだ。おれも地元の先輩に誘われて、まだ始めて三カ月にしかならない」

やつは成金振りを証明するように、ポケットから一万円の筒を抜いてみせた。輪ゴムでとめた三十枚くらい。おれはいった。

「それでそんなにもうかるんだ」

「うん、調子のいい月は百は抜ける。ひとりでだぞ」

タカシは黙っていた。

「どうせやばい話なんだろ」

ぶんぶんと手を振るフジモト。山手線の終電まで、あと二、三本か。線路脇のバラストを照らしてとおりすぎる電車って、夏の夜は涼しげだよな。

「やばくない、やばくない。アジトで電話かけるだけだから。やばいのは金を引きだす出し子のほうだって」

ぽつりとタカシが漏らした。

「……おれおれか」

電話をつかった新型の詐欺《さぎ》はまだ始まって数年ほどだった。ぽつりぽつりと新聞の隅にちいさな事件がのるくらい。月に百万か。夏休みだけで三桁の金が手にはいる。フジモトの話がほんとなら、東京中のガキが集まるかもしれない。

「どうやるんだ?」

「だから、アジトに出勤して、朝九時から三時まで、ひたすら電話をかけまくるだけだよ。実働は五時間だ。話の筋はうえの人間がつくってくるから、そいつを繰り返すだけ。おれ、うえから人を集めてこいっていわれているんだ。マコトは話がうまいし、タカシは声がいいだろ。だから、どうかなって思ってさ。橋爪さんはいつもこの仕事は声が勝負だっていってるから。ああハシヅメっていうのは偽名だから」

どうやらあぶない話なのは確かなようだ。おれんちも、タカシの家も母子家庭で、おまけにタカシのおふくろは入退院の繰り返し。タカシは決して人にすきを見せないので、制服の白い開襟シャツは毎日自分でアイロンをかけている。金ならおたがいのどから手がでるほどほしかった。おまけに悪いことって、なんかスリルがあって、おもしろそう。おれおれ詐欺の実態など、まだ誰もしらないころの話だ。

「どうする、タカシ」

タカシの目に奇妙な光が沈んでいる。

「いいんじゃないか。ひと口かじるまでは、どんな味かもわからない」

こいつがいいというなら、別にいいだろう。いつでもバックれることはできるし、まあちゃちな詐欺なら命まではとらないはずだ。

「わかった。そのハシヅメさんに話をつけてくれるか」

フジモトは小躍りしそうによろこんだ。真夜中の児童遊園で鬼の影が踊る。

「ちょっと電話してくる」

携帯電話をもって、おれたちから離れた。ゾウさん滑り台のかげにいき、橋爪とかいう偽名の男に報告しているのだろう。おれはタカシにいった。

「どう思う?」

「どうもこうもない。おれたちはこの街の裏と表、すべてを頭にいれておく必要がある。

いいか、マコト。おれはどん底で一生ペシャンコにされて生きてく気はない。いつか、必ず逆転してやる。こんな世界はクズだ。おれはクズの世界で、クズみたいに生きてくくらいなら死んだほうがましだ」

タカシの野心をきいたのは初めてだった。おれは危険さと同時に、ひきつけられるような魅力も感じた。その他大勢は気づいていないが、タカシには池袋のボス・タケルに負けない吸引力がある。

フジモトがもどってくるといった。

「じゃあ、明日の朝八時に、東口正面の三菱東京ＵＦＪで待ちあわせな。この仕事は絶対時間厳守だから。五分でも遅刻したら、一日のとり分は半分になるから、気あいいれて絶対こいよ」

それで、おれたちは解散した。なんというか、でたらめにおもしろそうな夏休みになりそう。

銀行のまえには約束の五分前に到着した。

さすがに池袋でもその時間はラッシュアワーの始まるまえで、横断歩道にもちらほらと学生と早出のサラリーマンがいるくらい。おれよりすこし遅れてタカシがやってくる。

「そろそろ時間だな」

おれが腕時計を確かめると目のまえの喫茶店から、フジモトと長身の黒いレザーシャツの男があらわれた。シルバーのアクセサリーはフジモトのに似てる。ドクロと鎖。どこか無理しておしゃれしている感じがあった。こいつはほんとはファッションセンスないんじゃないかな。

「おまえらがマコトとタカシか。ハシヅメだ、よろしくな。話はあとだ。さっそく仕事をしてもらおうか」

やつはおれたちに二枚ずつキャッシュカードをさしだした。おれとタカシとフジモトは黙って受けとった。なにをするのか、まったくわからない。カードの裏にはマジックで四桁の暗証番号が書いてある。

「で、こいつを入金して、すぐに引きだせ」

今度は千円札を二枚ずつよこす。おれはタカシの顔を見た。うなずき返してくる。やつも気づいたのだろう。このカードが生きているか、入出金をして確かめているのだろう。きっとどこか裏の筋から手にいれた不正口座だ。詐欺でつかわれる口座はすぐに警察から手がまわり、使用不能になる。

フジモトがマスクをした。タカシもいつももっているマスクをつけた。フジモトが気をきかして、おれに未使用のやつをひとつくれる。

「今度から、自分で用意しろよ。監視カメラに顔を残すのいやだろ」

まったくだ。マスクをつけて、ハシヅメが外で待つあいだに銀行のＡＴＭコーナーにはいった。入金のタッチパネルを押すとき、指がすこしふるえた。おれはこれが不正口座かしらない。入出金を頼まれただけだ。未成年だしな。このくらいなら、きっと少年課で説教をくらっておしまい。

おれのカード以外も、六枚すべて生きていた。金とカードをハシヅメが回収する。

「ついてこい」

ハシヅメが速足で歩きだす。おれたちは黙ってついていった。


ほんの数分で、豊島区役所裏に到着した。砂色のタイル張りのマンションにはいっていく。オートロックの鍵はハシヅメがもっていた。エレベーターはつかわずに、非常階段で四階へ。踊り場正面のドアが406号室だった。

ドアを開けると、玄関はスニーカーでいっぱい。いったい何人いるのだろう。廊下を奥にすすむ。リビングは二十畳近くある。横長テーブルが三列。ホワイトボードがひとつ。椅子は五脚ずつで、ほとんど若いガキで埋まっている。全員男だった。フジモト以外におれがしっている顔はなかった。

「電源切って、そのカゴにいれるんだ。ここにいるあいだは携帯の電源はいれちゃいけないし、使用も禁止。ルールを破れば、きついおしおきがある」

おれはタカシと顔を見あわせた。百円ショップで売っているようなプラスチックのかごには携帯電話がどっさり。どれもアクセサリーがついている。おれもタカシも電源を切った携帯をいれた。パン屋のカゴを思いだす。クロワッサンみたいに焼き立ての携帯電話が山盛り。

「それでよし。もうすぐ朝礼だから、時間までのんびりしててくれ」

おれは空いてる椅子に座った。雑誌を読むやつ、おしゃべりをしてるやつ、ぼんやりと宙を眺めているやつ。せいぜい二十代なかばまでのガキが、ホームルームの開始を待っているようだった。壁にはどこかの会社の営業部のように棒グラフが貼ってある。おれはフジモトにきいた。

「あのグラフ、なに」

「会社の売上だ。週のノルマは十本」

一千万か。棒グラフは六本。そのうち四本で、ノルマを超えていた。一番売上が高かった週は倍の二千百万円。いったい不景気の日本のどこに、そんな金があるんだろう。

奥の部屋から、ハシヅメがやってきた。だらけていたリビングのガキの背が伸びる。ほんとに教室みたいだ。とするとやつは元バレー部の体育教師って雰囲気。

「今日から新しい仲間がはいった。こいつとそいつだ。立って挨拶しろ。本名はいわなくていい」

おれとタカシは立ちあがった。自分の名前をいわずに自己紹介するのって、むずかしいよな。

「おれは街のおもしろい噂話をきくのと、話すのが好きです。よろしくお願いします。あの、ハシヅメさん、名前をいわないのはどうしてですか」

ハシヅメはじろりとおれをにらんだ。

「おたがいのことは詮索しない。それがルールだ。ここは学校じゃない。お友達なんてつくらないほうが、いざというとき、おたがいのためになる。つぎ」

タカシは平然とハシヅメを見つめていった。

「おれは、ここで一番腕のいいやつにつけてもらいたい。以上だ」

どれだけやる気があるんだ、こいつ。おれは信じられない思いで、クラスメートを見ていた。ハシヅメはうれしそうな顔をする。

「おまえは声がいいな。客から信頼感が得られそうだ。まあ、ふたりは今日が初日だから、まわりの様子をよく見ておけ」

つぎの瞬間、ばしんっと音がしてリビングルームに緊張感が走った。ハシヅメがホワイトボードを平手でたたいたのだ。

「バイク便、ちょっとこい」

ここではみなニックネームで呼ばれているようだった。ひじのすり切れた某バイク便のジャケットを着た男がのろのろと席を立ち、まえにでる。めずらしく三十すぎで、もう頭が薄くなっていた。ハシヅメは舌打ちしていった。

「おまえはほんとにどうしようもないな。芝居は下手だし、またここのマンション内で携帯つかったんだってな。目撃者がいるぞ」

フリーターのまま三十を超えた小太りの男は、さして罪の意識は感じていないようだった。

「いや、ここの室内じゃなければいいかなと思って。非常階段でメールしただけなんですけど。別にだいじょぶじゃないですか」

うわ、あやまりかたをしらないやつ。ハシヅメの機嫌が悪くなった。

「おまえは、なにを危険にさらしてるか、わかってんのか。ここにいる全員だぞ。すくなくとも池袋の駅につくまで、携帯の電源はいれるなっていってるだろうが。おまえは何度いってもこりないやつだな」

ハシヅメはいらついて叫んだ。

「バイク便の班のやつ、まえにこい」

ぞろぞろと若い男がやってくる。人数は三人。四人一組で動くのか。

「おまえら、バイク便をなぐれ。顔はだめだぞ」

三人のうちふたりがびびって嫌な顔をした。ひとりはうれしげ。一番背の低いスパイダーマンのTシャツを着たガキが、ゲンコツでこつんとバイク便の肩をなぐった。鬼ごっこの鬼でもつかまえるくらいの強さ。

「ダメだ、もっと本気でやれ。そいつがいいかげんなことをすれば、ここにいる全員が引っ張られる。いいか、おれおれは初犯でも実刑だぞ。執行猶予《しっこうゆうよ》はつかない。年少や刑務所にいきたいのか」

ガキはハシヅメを見てから、今度は半分くらいの力で肩をなぐる。

「つぎだ。手を抜くな」

室内でもキャップをかぶった大学生風の男が、バイク便のまえに立つ。

「悪いな。ハシヅメさんがいってるから」

腰をまわしてきちんと打ったが、利き腕ではないようだった。バイク便の逆の肩にどしんとあたる。切れのない左フック。バイク便は肩をさすっていた。不満そうな顔。こいつはこうして、なにをされても口をとがらせて耐えてきたのだろう。三十をすぎて、おれおれ詐欺の片棒をかつぎ、同じ班の若いやつになぐられている。おれは昨日の夜タカシが公園でいっていた言葉を思いだした。世のなかのどん底で一生ペシャンコにされて生きる。

「なってねえな、おまえら」

残るひとり、ハシヅメと同じように高価な黒い革シャツのガキがまえにでた。日焼けサロンだろうか。浅黒くメキシコ人みたいに細いガキ。あごの先にとがったひげがついている。いい男のつもりか。やつは左右に身体を振って、軽く右腕を突きだした。ボクサー気どり。

「人をなぐるって、こうやるんだよ」

バイク便が初めておびえた顔をした。力まかせのこぶしがたるんだ腹にめりこむ。蹴り足も、腰の回転も利いていない右フックだった。それでも思い切り打てば、そこそこの威力はある。タケルのパンチに比べれば話にならないが、バイク便は腹を抱えてしゃがみこんだ。うなり声がきこえる。その他大勢のガキは、別になんでもないという雰囲気で眺めているだけ。

ハシヅメもすぐバイク便に関心をなくしたようだ。足元で腹を抱える男を無視していった。

「今週ももうすぐノルマ達成だ。午前中に届いたら、特上の鮨《すし》おごるから、せいぜいがんばれ。おい、バイク便、つぎミスったら、出し子に降格するからな」

バイク便が腹を抱えて、自分の席にもどる最中に歓声があがる。

「やったー！　みんなでがんばって、鮨くおうぜ」

この違和感はなんだろう。底辺といわれるうちの高校の教室も、ここまで無関心に冷たくはなかった。

九時ちょうどに、室内のガキはいっせいに電話をかけ始めた。

ただ名簿を見て機械的にかけていくだけ。つかうのは業務用の飛ばしの携帯だ。だいたいはすぐに切られてしまうが、なかにはつながるものもある。最初のヒットは意外なことにバイク便だった。やつはほんとうに泣きそうな顔で、くどくどと筋書きを話す。

「ぼくだけど……ヤクザの車と……事故を起こした……どうしよう」

周囲のガキはみな息を殺して、バイク便に注目している。

「どうしよう……どうしよう……今、昇進がかかっていて……事故のこと、会社に……」

驚いたことに、バイク便はほんとうに泣きだしていた。目は真っ赤で、涙がこぼれそう。ハシヅメが呼ばれてホワイトボードのまえに立つ。マーカーで書いた。もっと引っ張れ。うなずいてバイク便が続けた。

「事故のこと……うちの会社にも……とうさんにも、しられたくない……」

過呼吸気味の荒い息の音。だいじょうぶなの、ヨシくん。携帯にはマイクがつけられ、小型スピーカーで増幅されたばあさんの声は部屋中にはっきりときこえる。バイク便が泣きをいれた。

「三百万だせば……見逃してくれるって……怖い人が……」

ハシヅメが書く。代われ。バイク便をなぐった日焼けサロンが飛ばしの携帯を奪った。

「なにたたら話してんだ。おい、おまえの息子がわき見運転して、事故ったんだぞ。新車のベンツどうしてくれるんだよ。サイドミラーがとれて、ドアがぼこぼこじゃねえか。おまえの息子も、このクルマと同じにしてやろうか。五体満足で帰れると思うなよ」

なるほど、誰にでも得意な役はあるものだ。バイク便が携帯に顔を寄せて叫んだ。

「やめてください。なぐるのはやめて」

となりの横長テーブルで、ガキが口を押えて噴きだした。ハシヅメがにらむ。日焼けサロンが叫んだ。

「今日中に修理費三百万、耳をそろえて寄越したら、大目に見てやる。それともこいつを連れて、会社に怒鳴りこんでやろうか。腹が立つ」

テーブルを平手でたたいた。バイク便が短い悲鳴をあげる。日焼けサロンとバイク便はおたがいに普段から仲がよくないのだろう。迫真の演技というより、本音の叫びだった。

「かあさん、お願いだ。修理費振込してくれ。このままじゃ、ヤクザに山に埋められちゃうよ」

ハシヅメがホワイトボードに書いた。調子にのるな。確かにベンツをこすったくらいで人を埋めていたら、東京近郊の山は死体だらけだ。続けてハシヅメは銀行と支店名、それに口座番号と名義人をなぐり書きした。そいつは先ほどおれが入出金したカードの番号だった。日焼けサロンが叫ぶように読みあげる。途中で一回かんだ。こいつは銀行名は読めたが麹町《こうじまち》支店が読めなかったのだ。ハシヅメはあせって、読み仮名を振る。

「わかったか。今日中だぞ。息子の命が惜しかったら、さっさと振りこめ」

「お願いだよ。息子がかわいいと思うなら、たすけてください。うんと親孝行するから」

バイク便はもうぼろぼろと泣いていた。演技派。あとほんのひと押しだった。部屋中のガキが興奮して、きき耳を立てている。そこで、ばあさんが信じられないことをいった。

「わかったわ、ヨシくん。だけど、わたしのへそくりだけじゃ足りないから、会社にいってるお父さんに電話する。ちょっと待って。十分したら、また電話ちょうだい。絶対だいじょうぶ。お母さんが助けてあげるからね」

いきなりぷつりと切れてしまった。

「くそー！」

ハシヅメがゴミ箱を蹴とばした。そんなことが何度かあったのだろう。金属の円柱はあちこちぼこぼこ。十分後、バイク便がまた同じ番号にかけたが、もう誰もでなかった。

「惜しかったなあ。またがんばろう」

口々にガキどもが声援を飛ばす。なんというか二死満塁でヒット性のセンターフライをダイビングキャッチされたみたいだ。おれおれ詐欺の集団というより、スポーツクラブとかサークル活動みたい。

そいつが午前中のハイライトだった。


十一時半におれとタカシが、ハシヅメに呼ばれた。奥の部屋にはデスクとソファ。部屋の隅に重そうな耐火金庫がどっしり。ハシヅメは首のチェーンから鍵をとり、金庫の鍵を開けた。

「むこう、むいてろ」

回転錠の番号を三度あわせる。おれはそっぽをむいたが、タカシは平然とハシヅメの背中を見つめていた。身体で隠すようにしながら、ハシヅメが金を抜いた。一万円札数枚。肩越しでは百万の束が二、三十はあったように見える。金庫を閉めると、おれたちに一万円さしだした。

「昼めし、かってこい。ほか弁の唐揚げ弁当十四個。あとお茶を三本な」

にやりと笑って、タカシを見つめた。

「どうだった、うちの会社?」

「おもしろかったです。ハシヅメさんには誰かバックがついてるんですか」

いきなり核心をつく。タカシらしい質問だった。

「ああ、どえらいバックがついてる。だがな新いり、この仕事ではあまりいろんなことに興味をもたないほうがいい。しらなければ、パクられてもうたえないからな」

警察に逮捕されても自供できない。それはそうだ。

「ここにいるプレイヤーは誰も出し子のことなんてしらない。電話の名簿を集めるやつ、飛ばしの携帯を売るやつ、最初に資金をだすやつ、出し子を集めるやつ、おれおれのストーリーを考えるやつ。全部ばらばらでおたがいのことはしらない。そういうシステムなんだ」

ハシヅメは熱心にタカシを見ている。

「おれは人を見る目はあるつもりだ。このままこの会社ひとつで終わるつもりもない。おまえらはここにいるガキとは違う。本気でやるなら、おれがノウハウを教えてやる。

どうだ、おれのしたで会社をやらないか。そしたら、ポケットにこいつをひとつ、いつでもいれておけるようにしてやるぞ」

タカシを手招きした。タカシは白いボタンダウンのシャツを着ている。胸ポケットにいきなり帯封《おびふう》がついた百万円の束をさした。おれは目を丸くして、クラスメートを見ていた。工業高校の落ちこぼれのおれたちに、こづかいがいつも現金百万円。これでは誰もがおれおれにはまるわけだった。

タカシをしばらく見ると、ハシヅメはいった。

「おまえは冷たそうだから、アイス。で、おまえは……」

おれにはどんなニックネームがつくんだろう。わくわく。期待半分。

「じゃあ、メロンで。さあ、弁当買ってこい」

おれのうちが果物屋だなんて、ハシヅメはしっているのだろうか。一瞬そう考えた。タカシを見ると、笑いをこらえている。アイスとメロン？　氷メロンか。きっとハシヅメの好きな味だろう。おれはタカシのおまけあつかいだ。胸がむかむかしたが顔色は変えなかった。いつか絶対こいつに仕返ししてやろう。

マンションをでると、外は真夏日。空には入道雲が破裂する勢いで湧きあがり、背景は真っ青なプールみたい。会社員はサンダルで定食屋にむかい、女たちは水着みたいなかっこうで池袋西武にのまれていく。

おれとタカシは東口ののみ屋街にあるほかほか弁当にぶらぶら歩いていた。

「なあ、百万円ポケットにあるって、どんな感じだった？」

ハシヅメはすぐに札を抜くと、おれにはさわらせもせずにしまってしまった。あのチャンスを逃したら、おれは一生帯封のついた札束などさわれないかもしれない。

「金という感じはしなかった。おもちゃみたいな感じかな」

「会社についてはどう思う？」

信号待ちになった。まえに立つ中年の会社員から、わけのわからない整髪料のにおいがする。わきのしたを汗で濡らしたこのおやじが、百万円稼ぐには何カ月働く必要があるのだろうか。ガキどもの詐欺のサークルか。ブラック企業につかい捨てにされるくらいなら、自分が利用する側にまわりたい。ガキの気もちはおれにはよくわかる。だけどなあ。

「詐欺だろうが、犯罪だろうが、おれは別にかまわない。でも、あのやり口はおれには長くは続かないと思う」

「やっぱりそうだよな。おれもなんていうか、美意識にあわない」

タカシが笑った。夏空のような乾いた笑い声。

「三枚千円のTシャツ着て、なにいってんだよ。でも、ほんとにそうかもな。おれおれやるくらいなら、おまえといっしょにメダルゲームのどさまわりしたほうがいいや」

賛成。信号が変わった。

「そうだな。バイク便の泣き顔おぼえてるか。あれは才能だよな。あいつはすごい。タカシには泣き落とし絶対むりだろ」

おれたちは笑いながら、横断歩道をわたった。


ランチタイムは十五分だけだった。

ウーロン茶で唐揚げ弁当をかきこんで、みなすぐに電話をかけ始める。みっつのグループのあいだでは、成績の競争がおこなわれているらしく、ライバル心がすごかった。暴力団のベンツと接触事故を起こすというストーリーを、全員で仕かけていく。こんなものに引っかかるのかとおれは思ったが、案外あわてると人はわからないものだ。日本人は人を疑うのが悪いことだと信じているのかもしれない。

午後二時をすぎたころだった。ハシヅメがやってきて、おれとタカシにいった。

「おまえらも、やりかたは十分わかっただろ。ちょっと初仕事してみろ」

おれに飛ばしの携帯がまわってくる。名簿を見た。タイトルは高額羽毛布団の購入客、その四。世界には羽毛をとるカモくらい間抜けがいる。おれはやる気ゼロ。さっさと翌日にはバックれるつもりだった。しかたなく携帯をかける。でたのは中年のおばさん。

「おれだよ、おれ。ちょっと事故って、こまってんだ」

事故を起こしても泣かないやつはいるだろう。自分流のプレイだ。

「おまえ、どうしたんだい」

「どうもこうもなくてさ、営業中に黒塗りのベンツ、こすっちまった。会社にばれるとやばいんだよ。このまえ一度事故ってるから」

「なにをやってるんだよ、おまえはお父さん似で、運転下手なんだから」

「悪い、悪い。ほんとに運転下手で」

へえ、そうなのかと思った。この家はそんな感じなのだ。口は悪いが家族の仲はいいようだ。話がつながりそうだと気づいたのだろう。ハシヅメがやってきた。ホワイトボードを読む。話が長い、アイスに替われ。おれは携帯をやつに投げた。空中で受けとると、マイクをつけながら、タカシはひどく冷たい声でいう。

「すみません、うちのうえがけじめをとれといっています。おたくの住所教えてもらえませんか。息子さんとこれからうかがいますので」

えらい強気だった。ハシヅメは新展開におおよろこび。もっと押せ、押しこめ。おれおれ詐欺は心理的に優位な態勢をつくるゲームなのだと思った。筋書きを信じる客もいるが、心理的な圧力から逃れたくて振込をする客もいるだろう。

「息子さんは会社にもしられたくない。保険もつかいたくない。自分には金はないと開きなおっています。まあ、人間のクズです。このままさらって、売り飛ばしてもいいんですが、ご家族に最後のチャンスをと思いまして」

おれは驚いていた。タカシはアドリブで、きいたことのない新しい筋をつくっている。

はあ、はあときいていたおばさんがいった。

「その子はいつも意気地なしでね、こまったもんです。山奥の飯場《はんば》でも、マグロ漁船でもいいから、売り飛ばしてください。ちょっとうちの子と替わってもらえますかね」

おや、話の流れが変わった。ハシヅメもガキどももきょとんと驚いている。おれが携帯を受けとると、おばさんがいった。

「あのね、あんた。うちの息子は自動車免許もないし、営業職でもないの。あんたらのお母さんが泣くから、そういう悪いことはやめなさい。いい、わかった？　返事は」

「はい、すいません」

「いい、ほんとにやめなさい。悪いことはいつかばれるものよ」

「はい」

周囲のテンションはだらさがり。ハシヅメが叫んだ。今度はホワイトボードはつかわない。

「さっさと切れ。そのババアは営業妨害だ」

おれおれ詐欺の営業妨害。おかしかったが、笑わなかった。午後三時、おれおれ詐欺の営業時間は終了。残業するグループもいて、そいつらはせっせと飛ばしの携帯で名簿をつぶしていた。

「おれだけど、携帯電話の番号変わったから、更新しておいて。今いそがしいから、また電話するわ」

さっと切ってしまう。なるほどうまい手だ。これならつぎにかけてきたとき、番号を不審には思わないだろう。なかにはちゃんと自分のほんとうの息子の番号に、飛ばし携帯を上書きするお人よしもいるかもしれない。

おれおれ詐欺はよくできたシステムだが、すべての仕事と同じようにまじめにとり組まなければ、結果はでなかった。違法ビジネスもまたビジネスなのだ。

日焼けサロンがやってくると、声をかけてきた。

「よう、アイス。おまえら時間があったら、このあと飲みにいかないか。おごってやるぞ」

こいつのグループへの誘いか。タカシの目を見る。完全に空白。おれはいった。

「すいません。今日はこいつとこのあと用があるんで」

タカシは会釈だけして、部屋をでていった。おれもあとをおう。アイスとメロンはいっしょでないとな。


真夏の午後四時すぎは、真昼のような暑さと明るさ。

朝早くから働くと、一日が長い。豊島区役所まえで、おれはタカシにいった。

「おまえ、これからどうすんの」

やつは携帯を開いて、画面を確かめる。

「いや、やることないし、ちょっと時間があるから、おふくろのところに顔だすかな」

「じゃあ、うち、よってけよ」

「いつも悪いな」

タカシの母親は、肺だか心臓だか、あるいは両方とも弱いみたいで、入院したり退院したりを繰り返している。うちのおふくろとも仲よしだ。おれたちは東口の風俗街を歩き始めた。昨日の夜、フジモトと出会ったストリップ小屋が見える。昼間のネオンって、薄ぼやけてて淋しいよな。

「タカシは、あの会社どう思う」

「どうなんだろうな。クラブ活動みたいだった」

それはおれも感じていたところ。

「罪悪感とかゼロだよな。年よりが貯めこんだ金を、ちょっとくすねるくらい、なんでもないって感じだ」

おれは風俗街の路地の幅に切りとられた細い夏空を見あげた。まぶしい入道雲のスライス。ブラック企業は若いガキを低賃金でつかいつぶす。自分の遺伝子を未来に残す希望さえ捨てるくらいの低賃金で。ガキのなかのネジがはずれたやつらは、こんな世界へのしっぺ返しのつもりで、金をもった年よりをだます。世のなかなんて、結局はすべてだましあいだと見切ったガキには、金にもなるし、いい仕事だろう。タカシがうつむいていった。視線の先には誰かが捨てた割りばしが落ちている。

「おれだって金はほしい。だけど、あのやりかたじゃダメだ。あんなに目立ってちゃ危険だし、そのうち警察にもヤクザにも目をつけられるだろう。もっと若いガキの力をうまくつかう方法はないのかな。池袋にはそんなやつらがたくさんいるのに」

通りの先のコンビニに、座りこんだ集団がいる。ギャーギャーと街のカラスのように叫んでいた。金も知恵もないけれど、時間とエネルギーだけはたっぷりとあるガキ。もっていないのは、きちんと金を稼ぎだす方法だけ。タカシがそんなことを考えているとは思わなかった。コンビニを見ていう。

「いつか、おれはこの街にあんなガキどもの居場所をつくりたいと思ってる」

おれはデリケートな話にふれた。

「おまえの兄貴のタケルさんが、そういうのをやろうとしてるんじゃないのか」

「そうかもな。でも、兄貴はやさしすぎるし、金の計算がぜんぜんできないから。おれは心配なんだ。今回のことはタケルには絶対ないしょだからな。それよりマコトはあのハシヅメって、どう思った」

黒い革シャツに、金庫の鍵をぶらさげた純銀のチェーン。わかりやすい男。

「ぜんぜんいけてない。高校のころはきっとクラスの隅にいたんじゃないか。ヤバさもないし、バックに組織がついてるなんて大嘘だろ。中途半端なやつだったな。なんか悪のバイトリーダーみたい」

タカシが短い笑い声をあげた。

「悪のバイトリーダーか。そいつはいいな。おまえってときどき、それ以外にないっていう表現するよな。メロン」

「ふざけんなよ、アイス。頭からとかすぞ」

一円にもならないが、そいつがおれの特技。


「タカシちゃん、よくきたね」

おれには決して見せない笑顔で、おふくろがタカシを出迎えた。果物屋の店先にはようやく夕日がさしている。タケルとタカシの兄弟は、おれの友人のなかでは最上等らしい。タカシもこういうときは、いい子の振りをする。きちんと頭をさげて、声を張るのだ。さっきまでおれおれの事務所にいたくせに。

「ごぶさたしてます。マコトにはいつも世話になってます。手伝いましょうか」

おふくろが運んでいたハーフカットのスイカに手を伸ばす。三浦半島産の大玉だ。タカシは店先にラップしたスイカをならべていく。

「タカシくんはいいんだよ。ほら、マコト、おまえがさっさと動きな」

そういうおふくろは病院への手土産を選び始めた。四分の一カットのスイカとメロン。キウイとバナナなんかをすこしずつ。

「あっ、そうだ。ハナちゃんにもっていってほしいものがあるんだ。ちょっと待って」

タカシのおふくろの名前は安藤華英《はなえ》。うちの雑なおふくろより、数段美人だ。敵は二階からおおきな紙袋をもってきた。

「下着とパジャマ、それに夏がけがはいってる。男の子にはこういうの頼めないからね。イトーヨーカドーで安かったから」

タカシは今度は本気で頭をさげた。

「いつもすいません。うちは金ないから、お返しもできなくて」

おれはぐっと胸にきたが、おふくろに頭をさげるなんて絶対に嫌だ。

「礼なんていうことないよ。おふくろは安もの買いが趣味で、特売みつけるとなにか買わないと損した気分になるんだ。どうせ中年未亡人のストレス発散だろ」

おふくろがおれの尻を思い切り平手打ちした。

「生意気《なまいき》いってんじゃないよ。でも、半分はマコトのいうとおりかね。さあ、ふたりでいってきな。なんなら帰りによりなさい。三人で晩ごはんたべよう」

おれたちは西一番街をぶらぶらと歩いた。タカシの母親が入院している都立病院は要町《かなめちょう》にある。夕闇が近づいて、客引きが動きだしていた。超ミニのフィリピンパブのビラ撒きや、借金で首がまわらないマンションヘルスの中年キャッチ。おれたちは子どものころから見慣れているので、誰がヤバそうなのかは感覚でわかる。

「おれに金があったらなあ。マコトのおふくろさんに、なにかすごいプレゼントをするんだけどな。指輪とかバッグとか」

おれはタカシに贈られたティファニーの指輪とエルメスのバッグをもったおふくろを想像した。ぞっとする。

「やめてくれ。金なら自分のためにつかえよ。あいつはヨーカドーで十分」

「わかってないな。おふくろさん、美人じゃないか」

おれは真夏の西日を浴びながら冷や汗をかいた。

「それ以上いったら、タカシでもぶんなぐるぞ」
「はいはい」

病室はコンクリートの四角い箱で、エアコンがきいていた。四人部屋に入院しているのは、ひとりだけ。カーテンを開け放した病室は、がらんと広かった。

タカシのおふくろは、寝巻のうえに厚手のパイル地のガウンを羽織《はお》っている。ひと目見ておれはショックを受けた。なんというか、頬とか目のまわりがこけて、栄養失調みたい。やつれるってこういう感じなんだと思った。髪にもつやがない。

「いつもありがとうね。お母さまに、よろしく伝えてください。退院したら、必ずお礼にいくからって。ありがたくつかわせてもらいます」

おふくろが用意した紙袋を両手をあわせて受けとった。タカシはすこし照れたようだった。学校のこと、夏休みのこと、池袋の街の噂、妙にはしゃいで話している。クールなタカシも、母親の息子だということか。

「そうだ、タカシ。のどかわいたから、売店にいってきて。マコトくん、なんにする」

おれは家庭科の時間に清涼飲料水に角砂糖が平均十個も使用されていることを勉強したばかり。

「じゃあ、ダイエットコーラで」

タカシは横目でおれを見て、ひと言。

「なんか、気もち悪いな、おまえ」

「タカシ！」

タカシは早々に病室をでていった。おふくろさんとふたりきりになると、エアコンの静かなうなりに気づく。

「ちょっと話があるんだけど、マコトくん、いいかしら」

おれはなにも考えていないので、即座にこたえた。

「ぜんぜんいいっすよ」

「もしもだけど、わたしが……その、いなくなったとき」

おれの心臓が一度だけ嫌な弾みかたをした。空気を読んだおふくろさんがいう。

「いえ、ほんとうに万が一の話なの。気軽にきいてね」

しっかりとうなずいた。おれも高校生になってすこしは世のなかがわかってきている。大人が気軽にきいてくれという話は、それ以上はないほど深刻だ。

「うえのお兄ちゃんのタケルには心配はいらない。しっかりしてるし、まじめだし、人を集める力があると思うの」

「そうっすね。池袋でタケルさんはみんなからボスって呼ばれてます。ファンだって何百人もいますよ」

おふくろさんが微笑んだ。しおれた大輪の笑顔。

「基本的に明るい子だし、いつもお日さまをめざして育っていくような感じでしょう。ヒマワリみたいにね。人の道からそれていく心配はないと思う。でもね……」

おれはつぎの言葉を待った。タカシのことだ。

「タカシは違う。あの子はお兄ちゃんよりやさしいくらいだけど、ちょっと頭の回転が速すぎる。すぐに世のなかの仕組みとか、大人の世界のずるさに気づいてしまうところがある。頭のいい男の人って、世のなか自体が不公平なんだから、自分もちょっとくらい規則を破ってもいいと、世界を甘く見るところがあるでしょう」

おれは昼間見たおれおれのプレイヤーたちの顔を思いだした。この世界をなめてる顔と顔。あいつらの全員に母親がいるのだ。

「ちょっとくらいはだいじょうぶ。ズルをしてもいいから、こんな目にあわせた世のなかに仕返ししてやろう。うちもお父さんが亡くなってから、ずっとお金がなかったから」

タカシはアイロンかけの名人だった。制服のシャツは自分で洗濯し、自分でアイロンをかける。おれも一度やってもらったことがあるが、クリーニング屋のおやじみたいだった。やつは自分の家がどんなに貧しくても、決して人に弱みは見せない。

「金なら、うちだってぜんぜんですよ」

親子ふたりでくうのが精いっぱいのもうけだった。店はおれがガキのころから十年来、まったく広くも立派にもなっていない。

「うちよりはぜんぜんいいよ。お母さんは身体もじょうぶだし、お店があるから。タカシはほんとは誰よりもやさしくて、人の痛みがわかる子なの。だから、マコトくん、もしあの子が人の道をそれそうになったら、あなたに引きもどしてほしい。間違ったことをしたら、身体を張ってとめてあげてほしいの」

こいつは遺言みたいじゃないか。おれは切なさと責任の重さで、胸の乱れがとまらなくなった。

「お兄ちゃんはタカシのこと、いつも気にしてるんだけどね。兄と弟の男同士って、むずかしいみたいで、タカシはいつも反発してる。だからマコトくんにお願いしようと思って」

伏せていた目をあげて、おれを見つめてくる。命がけのお願いの目だった。この人はもう自分の最期《さいご》が見えているんだ。なぜか、そう直観した。おれは泣きそうになったが、平気な顔をしてうなずいた。

「わかりました。おれにできる限りのことはやりますから」

あんな目でおふくろさんに頼まれて、ほかになんていえる。おれは涙がにじまないように目に力をいれて、窓の外を見つめた。すすけて真っ黒な街路樹の幹から、あざやかに夏の葉が生えだしている。

「ごめんね。せっかくお見舞いにきてくれたのに、暗い話ばかりで。マコトくん、あなたは自分はなんでもないって思ってるかもしれないけど、ぜんぜんそんなことないのよ。あなたにはすごくいいところがある。誰よりも先に心を動かし、人の痛みに寄りそえる。そんなことができる人って、なかなかいないもの。あなたとタカシは、一生とてもいいコンビになる。タカシを頼みます。あの子をいつも見ていてあげてください」

おふくろさんはベッドのうえで、苦しそうに正座した。両手をついて、おれに頭をさげる。おれはどうしたらいいのかわからなくなった。涙がとまらない。パイプ椅子から立ちあがり、涙をぬぐって頭をさげた。

「こんな顔、タカシに見せたくないから、先に帰ります。なにか用があったとごまかしておいてください。おれ、華英さんのお願い、一生守りますから。だから……」

もっともっと生きてくださいとはいえなかった。

「元気になったら、うちの店にきてください。おふくろも待ってます」

おれは病室を離れた。洗面所で顔を洗い、焼けついた非常階段を駆けおりた。エレベーターでタカシと会うのは嫌だったのだ。


駅にむかう人の流れにのって、要町から歩いた。

ジーンズのポケットに両手を突っこみ、背中を丸めて速足で。どう考えても、タカシのおふくろさんの命は長くないようだ。残された支えを失って、安藤兄弟はどうなってしまうのだろう。兄貴のタケルには心配はなくとも、タカシはおふくろさんのいうとおり。おれはやつが日焼けサロンで真っ黒になり、黒い革シャツを着ているところを想像した。身体中を飾るのは、青いタトゥとスターリングシルバーの鎖。悪のバイトリーダーだ。

あるいは真夜中、黒いパーカを着て忍び足で歩く姿。やつが酔っ払った会社員に音もなく近づくと、ナイフのように鋭い右ストレートを放つ。砂の像のように崩れ落ちるリーマンの懐から、財布を抜く。オープンフィンガーをつけたやつの手には、しわくちゃの札が数枚。しけてんな。舌打ちをするタカシの声がきこえてきそうだ。

なぜか、嫌な予感ばかりして、おそろしく腹が立つ夕方だった。おれは夕日をべたりと背中に浴びて、汗だくで果物屋にもどった。おふくろが声をかけてくる。顔を見た。華英さんのように頰がこけても、目が落ちくぼんでもいない。ありがたいと心底思った。

「タカシくんはどうしたんだい？　三人分つくっちまったよ。おまえひとりなら、輸入牛肉にしたのに」

大切なひとり息子を、やっかい者のようにいう。おれはおふくろをにらみつけ、二階にあがり、水のシャワーを浴びて、晩めしまでふて寝した。

翌日は土曜日。朝から涼しかった。

おれおれ詐欺は人づかいは荒いけれど、完全週休二日制だった。都市銀行と同じ営業時間だからな。曇り空は池袋の空一面、人が住まない無人の家の窓のように広がっている。すすけて、荒れて、淋しくな。十一時すぎ、店開きを手伝っていると、腹の立つ顔が西一番街の奥に見えた。白シャツに黒いズボン、グレイの上着。全部合成繊維で、まとめて一万円って格好だ。刑事の給料は安い。

おれには見せない笑顔で、池袋署少年課の吉岡がおふくろにいった。

「ちょっとしのぎやすくなったねえ。そこのメロンの串、一本ください」

店先には皮をむいたメロンとパイナップルの串が売っている。角氷のうえにならんだ夏の売れ筋だ。

「あら、いらっしゃい、吉岡さん」

おふくろが手をだすまえに、おれはメロンの串のなかから、一番実が青くて甘くないやつを選んで、やつにわたしてやった。いい気味。吉岡はひと口かぶりつくといった。

「いやあ、これはうまい。これくらい若いほうが、実がしまってて、甘すぎずにうまいです」

吉岡はその場の誰も思いつかなかったことに気づいたようだった。かすかに頬を赤くしていった。

「いや、それは若ければいいというものじゃなくて……その、熟した果実のよさもあって」

自分でもなにをいっているのかわからなくなったようだ。メロンを無理やり口に押しこんで、もごもごという。

「とにかくこの店のフルーツはうまいということです」

四十代独身、額がM字型に北欧のフィヨルドのように後退した刑事が、いきなり二枚目風の顔になった。

「きいていますか」

なんだろう。おふくろは不思議そうな顔をする。

「昨日の夜、高松一丁目でまたノックアウト強盗が発生しました」

おれははっとした。高松は華英さんの入院している都立病院がある要町のとなり街だ。すくなくともタカシは、昨日の夜すぐ近くにいた。おれは病院の面会時間を考えた。あそこは確か夜八時までのはずだ。

「事件は何時だったんだ？」

おれのほうをむくと、やつはほっと気が抜けたような顔をする。

「おお、マコトいたのか」

「最初からいるだろ。だから、何時におきたんだよ」

おふくろがとがった声をあげた。

「こら、あんた、お客さまにむかってなんだい」

おれは冷静にやつの買いもの額を指摘してやる。

「いつも一本百円の串か、二百円のグレープフルーツかネーブルだろ」

吉岡は間違っても、ひとつ五千円のマスクメロンは買わない。刑事はまたも二枚目風に苦笑いした。腹が立つ。

「マコトくんは、いつも鋭い。将来がたのしみです。事件が起きたのは、夜九時すぎ。襲われたのは四十三歳の会社員。今回はいつもとすこし様子が違っていた」

吉岡はもったいをつけて、じらしている。誰でも自分だけが情報をもっていると、有利だとかん違いするものだ。めんどくさくなって、おれはパイナップルの串をさしだした。

「これ、うちからのサービス。なにが違うんだ？」

「すまんな、マコト。今までノックアウト強盗は頭部ばかり打っていたんだが、昨日はなぜか腹を狙った。なにがあったんだろうな」

おれはボクシング部の練習場を思いだした。タケルがタカシに手本として見せたのは、地獄の苦しみだというボディ打ちのコンビネーションだった。思わず、おれは漏らしていた。

「……キドニーブロー？」

やつは蜜のたっぷりとさしたパイナップルを頬ばっていった。

「なんだって」

「いや、その会社員は左右の腹を打たれて、最後に脇腹の裏側にきついのをもらってなかったか」

吉岡が警察官の顔になった。ポリエステルのシャツの胸には、汁が垂れているが真剣だ。

「おまえ、どこでそんな話きいたんだ」

「いや、別に。街の噂だよ。ノックアウト強盗は今、ボディブローの練習中らしいんだ。街じゃみんな、そんなことを話してるぞ」

あとでおれが噂を流さなければならないだろう。吉岡は間抜けだが刑事なので、ちゃんと人の話の裏はとる。おれはおふくろになんとか話しかけようとしている、独身刑事を放りだし、開店の準備にとりかかった。

吉岡がいってしまうと、おれは二階にあがった。携帯電話をとりだし、窓辺に立つ。おれが選んだのは池袋のボス・タケルの番号。

「おう、マコト。おはよ、おまえからかけてくるなんてめずらしいな」

「おはようございます。すみません、タカシが昨日の夜九時ごろ、なにしてたかわかりますか」

おれは夕めしのまえに、病院を離れている。五時半くらいか。そのあとのタカシの行動はわからなかった。

「確かうちには帰っていなかった。タカシがもどってきたのは、十時すぎだったと思う。それが、どうかしたのか」

タケルの声が引き締まった。なにかを感じたのだ。

「さっき少年課の刑事にきいたんですが、昨日の夜九時、またKOキッドがでました。場所は高松」

タケルはさすがに勘がよかった。

「そういうことか。タカシはおふくろの見舞いにいっていたな」

そうなのだ。ちょっと足を伸ばせば、要町から高松はほんの数分。こんな話をボスにしたくはないけれど、おれは吉岡情報を口にした。

「今度は顔面じゃなく、腹を打ったそうです。ボディ左右のコンビネーションに、脇を駆け抜けざまのキドニーブロー」

　さすがのタケルもしばらく声がでなかった。苦しい息が漏れる。

「……………そいつは、おれが教えた……」

「そうです。練習場のコンビネーションなんです。おれもどう考えたらいいのかわからなくなって。ＫＯキッドがタカシじゃないと、信じてはいるんだけど」

　窓のむこう、雑居ビルのうえの灰色の空を見た。こんな曇り空でも、昼すぎには三十度を超すのだろう。うんざりするような真夏日が待っている。

「わかった。情報たすかった。マコトはタカシのフォローを続けてくれ。おまえも気をつけるんだぞ」

　おれはタカシと見学にいったおれおれ詐欺の件を、つい話しそうになった。タカシには口どめされている。なんとか脇道にそれなきゃいけない。ミヤさんの話を思いだした。

「そういえば、あの相撲のデブ、後藤っていうんですよね」

「ああ、あいつか。そんな名前だったな」

「ミヤさんにきいたんですけど、埼玉ライノーズのやつらにやられちゃったんですよね」

ボスの浮かない声。

「そうだ、ひざを完全に壊されて、一生まともには歩けない。おれは出入りはしても、相手を殺そうとか、壊そうとかは思わない。埼玉にはいかれたやつがいるみたいだ。双子の兄弟で板倉《いたくら》という。ケイジとセイジという名だ。おまえもタカシも、その双子には気をつけろよ」

あのダンプカーのようなデブのひざを壊したのだ。どんな双子か興味しんしん。

「特徴はわかってるんですか」

「おれも見たことはない。やたら背が高くて、やたらに細い。あとはしゃくれだといってた。兄のケイジがキックボクシング、弟のセイジは得物《えもの》をつかう。ナイフとかチェーンとか特殊警棒とか。後藤は兄ひとりで倒し、そのあと弟のほうがひざを壊した。うんざりだな。そうだ、マコト、おまえ今夜、西口公園にこないか」

「なにかあるんですか」

おれは合コンを想像していた。クリスタルパレスのホステスのあいだでも、タケル人気は一番だったからな。すごくレベルの高い女が集まるかもしれない。まあ、池袋だからたかがしれてるけどね。

「いよいよ池袋のチームをひとつにまとめる。結成式だ」

「へえ、そうなんですか。さすがボス。タケルさんは違うな。チーム名は?」

おれおれの見学にいく弟と、この街のガキ数百人をまとめる頭の兄。やはり出来が違うのだろう。おれは立派じゃないタカシが好きだけどな。タケルははずかしそうにいった。

「おれがいるチームの名前をそのままつかうことにした。池袋ギャングボーイズ。略してGボーイズだ。マコト、おまえにもぜひ力を貸してほしい」

タカシもおれも集団行動は苦手。

「いや、そいつはちょっと」

「チームにはいれといってるんじゃない。ただおまえの情報力とか、言葉の力はこの街のガキのために役立つ。困ったときでいいから、Gボーイズを助けてくれ。いいな」

なぜか、おれは直立不動で返事をしていた。

「はい。がんばります」

「夜十時に集会はスタートだ。必ず顔をだしてくれ、それにできたら……」

なんだろう。池袋のボスが、おれにいいにくいことがあるのだろうか。

「なんすか」

「タカシも連れてきてくれ。あいつを動かせるのは、おまえだけなんだ。頼む」

その日は店番をしても、テレビを観てても、心はうわの空。

KOキッド、埼玉ライノーズ、おれおれ詐欺、タカシのおふくろさんの病気、それにタケルのGボーイズ結成。この夏の池袋にはイベントが多すぎる。夜九時、おれは昼の熱気が残る西一番街にでた。土曜日の夜のでたらめに自由な空気。スニーカーの底がアスファルトにねばりつくようだが、そんなことは気にしない。

携帯を抜いて、タカシにかける。街のノイズが真っ先にきこえてきた。

「マコトか。いいか、おれはいかないからな」

「なんだよ、興味ありそうじゃん。おまえがいかなくても、おれはいくからな。Gボーイズにはいるつもりはないけど、池袋の歴史的なイベントじゃないか。野次馬でいいから見にいこう」

タカシがむきになっているのがわかった。きっとどこか池袋のストリートで口をとがらせているはずだ。

「誰が兄貴のやるチームに興味あるんだよ。おれはいきたくない」

熱くなっている相手には冷たく接する。おれは子どものころから、人との駆け引きが得意だ。

「いや、それでいいんじゃないか。おれもタケルさんに誘われたけど、Gボーイズにはいるの断ったから。でも、いわれたぞ。タカシとおれは頼りになる。組織の外にいて、なにか困ったときにはたすけてくれって」

正確には勧誘されたのは、おれだけ。でも、言葉はつかいようだ。タカシはまんざらでもなさそうにいった。

「へえ、おれがタケルをたすけるのか」

ヒロイックなつくり話をしてやるか。ガキはみんな感動的な話に弱いからな。

「そう、何百人というGボーイズが全員タケルから離れちまったとき、おれとおまえでボスを支え、たすける。悪い話じゃないだろ」

「それは……そうだな」

もうひと押しだった。とっておきのネタは、タケルからもらった。安藤兄弟はほとんど口をきかないので有名だった。

「埼玉ライノーズの双子の話もある。あの後藤を病院送りにして、二度とまともに歩けないほどひざを潰したやつらだ」

「ふたりがかりだったのか、それともひとりだけで……」

魚がくいついてきた。いい手ごたえだ。

「一時間後にウエストゲートパークの噴水で。そのとき話す。じゃあな」

同時に通話ボタンを押して、電話を切る。おれはこういう電話の切りかたが一番好き。


西口公園は八月のビーチみたい。

週末はいつも学生や若い会社員でにぎわっているんだが、その夜はガキの密集度が違った。円形広場の奥にはステージがあるが、そのまえはオールスタンディングの野外コンサートのようだ。おれは十時ちょうどにカラフルに水を吐く噴水のまえに立った。噴きこぼれ形を崩す水の柱を眺めていると、おれのまえにタカシが立っていた。幽霊みたいなやつ。

「きたぞ、マコト。さっさとライノーズの双子ネタ、話せ」

さすがにタカシでもお話の続きが気になるのだろう。好奇心ほど強い力はない。とくにつぎのページでなにが起きるかは、最強のエサなのだ。そのとき、円形広場の中心で鋭い指笛が鳴った。サッカーの試合でも始まるみたい。

「Gボーイズ集合！」

ガキどもがぞろぞろと集まっていく。この調子で殺到したら、中心核で核融合でも起きそうな熱気だった。

「話はあとだ、おれたちもいこうぜ」

おれはタカシを無視して、広場の人ごみにまぎれこんだ。


円形広場は同心円状に石畳が広がっている。濃いグレイと淡いグレイの花崗岩《かこうがん》の同心円だ。その中心にガキが一列にならんでいた。十六、七人だろうか。ファッションはばらばら。ギャング風もいれば、ダンサー風もいて、スケートボーダー風も、ナンパなお兄《にい》系もいる。まあ、年寄りが見たら全部似たようなものだろうけどね。すべて池袋を縄張りにするチームのヘッドばかり。なかなかの強面《こわもて》で、迫力は十分。周囲を丸くとりまくのは、チームのメンバーで、何百人いるのかさえわからない。

右手を包帯でぐるぐる巻きにしたミヤさんが号令をかけた。

「これから池袋Gボーイズの結成式を始める。まず初代ボス、安藤猛からの挨拶だ。みんな、びしっとしてきけ」

タケルの右横にはバスケ部の森村さん、左には見慣れないガキがいた。黒いTシャツにだぶだぶのブラックジーンズ。靴は黒のブーツ。つま先に鉄のガードがはいった作業靴だ。緑のキャップとリストバンドで、おれにもわかった。渋谷ビターバレーのヘッドだろう。池袋と渋谷はゆるい連合を組んで、新宿に対抗している。

熱帯夜でもタケルの声は爽やかだった。

「みんな、Gボーイズの結成式によく集まってくれた。ありがとう。おれたち池袋をホームタウンにするチームのメンバーは、今夜このときからひとつのおおきな家族になる。これまでチーム同士で起きた過去のごたごたは、すべて水に流してくれ。もう街うちの古い争いにこだわっているときじゃないんだ。東京では地域間の抗争が過激になっている。自分たちの街は、自分たちの手で守らなければならない。池袋をよそ者に好きにさせるわけにはいかない」

タケルはそこで深呼吸をして、声を張った。

「いいか？　ここにいるすべてのGボーイズは、今夜からみなたがいの兄弟になる」

最前列にいた白いタンクトップのえらく胸のでかい女が声をかけた。

「ボス、Gガールズはどうなるの？」

タケルは白い歯を見せて、にこりと笑った。

「すべてのGガールズは、今夜からみんなのかわいい妹だ」

別なGガールが叫んだ。

「いやだー、わたし、タケルさんの妹になっちゃった。倒れそう」

腹に響くような笑い声が湧きおこる。タケルがボスと呼ばれるのも無理はない。ただ強いだけでなく、人をひきつける強烈な魅力がある。おれはそのとき気づいた。おれとタカシがいる最前列の輪のむこうがわに、悪のバイトリーダー・ハシヅメ（偽名）の顔が見える。おれたちではなく、タケルをにらみつけていた。嫉妬心？

ミヤさんが叫んだ。

「これから、おれたちGボーイズの加盟章を、ボスがみんなに配る。おい、用意しろ」

森村さんがアルミのアタッシェを開いた。ふたを開けたまま両手でかかげて、タケルの横に立つ。タケルが一枚の布をとると、ヘッドのひとりがボスのまえにすすみでた。こいつの名前はおれもしっている。武闘派チーム・破運捨《パウンズ》のヘッド・五十嵐《いがらし》だ。ワイヤーロープのように筋肉が引き締まった腕をまえにだし、両手を広げる。タカシはそこに青いバンダナをそっとおいた。

「おれたちの街の色は、空と青、無限の未来のブルーだ。ここにいる全員にあとで、チームカラーのバンダナを配る。いいな、Gボーイズの兄弟、Gガールズの妹」

拍手と歓声が最高潮になった。おれは夜の曇り空を見あげた。地上のネオンサインが映りこみ、巨大な獣の内臓のように黒くぎらついている。

「池袋の弱虫は、仲がいいんだな」

結成式の高揚が凍りついた。


Gボーイズの輪を乱しながら円形広場の中心に躍りでたのは、黄色のガキが五人ほど。そのうちふたりがやたらと背が高かった。タケルの言葉を思いだす。長身でやせた、カミソリみたいに鋭い双子。埼玉ライノーズの板倉兄弟だ。顔はよく似ている。おれにはどちらが兄のケイジで、弟のセイジかわからなかった。

「なんだ、おまえら」

ミヤさんが叫んだ。何人かのGボーイズが飛びかかろうとする。タケルが低い声でいう。

「Gボーイズに命じる。手をだすな」

長身のふたりの背後に三人のガキ。両手をまえで組んで、周囲をにらみつけている。そろいの黄色いTシャツには、角の突きでたサイの横顔。したにはRHINOCEROS。板倉兄弟のひとりが、ジーンズのまえポケットから手を抜いて、なにかをばら撒いた。黄色い紙吹雪がウエストゲートパークの石畳に舞い散る。

「よう、埼玉ライノーズからのご祝儀《しゅうぎ》だ。なにが無限のブルーだよ。ここはもうすぐ黄色になる。池袋はライノーズのもんだ」

なんだと、ふざけんな。ぶっ殺す。生きて帰すな。周囲の輪から声が飛んだが、タケルが右手をあげると、ぴたりとやんだ。

「おまえの名は、板倉のどっちだ？」

黄色い紙吹雪のガキはにやにやと笑い、長い舌を垂らした。

「おれが弟のセイジ。で……」

舌の先で右となりの双子を示す。よく似たふたり目がいった。

「きたねえな、つば垂らすな、セイジ。おれが兄のケイジだ」

髪が短いほうが兄のケイジでキックボクサー。髪がやや長くて、顔が凶暴そうなほうが弟のセイジ。タケルは余裕だった。

「そうか。よく祝いに駆けつけてくれた。もし、おまえたちが池袋と同盟を組みたいなら、話をきいてもいいぞ」

凶暴な弟が叫んだ。

「余裕こいてんじゃねえ。祝いじゃなく、宣戦布告にきたんだよ」

また黄色い紙吹雪を撒く。

「これからひと月のうちに、池袋はライノーズがいただく。こいつは約束だ」

ミヤさんが叫んだ。

「タケルさん、今、こいつらをやっちまいましょう。そうすれば、埼玉の戦力は半分になる」

うしろに立つ黄色い三人の右手が動いた。尻ポケットから銀の光が走る。くるくると金属パーツが回転して、両刃の凶器になった。バタフライナイフだ。女たちの悲鳴があがる。森村さんも叫ぶ。

「何人かはやられる。だけど、今なら確実に五人とも仕留められます。ボス、決断してください」

Gボーイズの輪が縮まっていく。チーマーのヘッドもじりじりとライノーズに迫っていた。タケルが叫んだ。

「待て。今夜は大切なGボーイズの結成式だ。血で汚すのは許さない。板倉それにライノーズ、おまえたちも引け。すぐにこの街をでろ。おれもいつまで、こいつらを抑えられるかわからない」

　セイジが紙吹雪を撒きながら叫んだ。

「おやさしいボスだな。意気地なし。せっかくひと暴れできると思ってきてやったのに」

　ケイジの声は弟より低かった。ざらりと鼓膜を削るようなしゃがれ声。

「それくらいで、やめとけ。ほかはクズだが、安藤猛は手ごわい。いつかおまえにちゃんと獲物として、くれてやる。いくぞ、おまえら」

　埼玉のボスは板倉兄のほうのケイジのようだ。三人のガキが双子を守るように周囲にナイフをむけている。ライノーズのメンバーが去っていくと、安堵のため息が漏れた。なかにはいくつか抗議の声もあがる。

「なんでやらせてくれなかったんですか、ボス」

「あんなやつら、一気にかこんでボコればいいのに」

「今から埼玉いきましょう」

　勇ましい言葉の数々。おれは闘いに反対。平和主義者であるだけでなく、Gボーイズの未来に傷がつく。やつらと戦闘になれば、怪我人がでる。ここは池袋署の目と鼻の先。事件になれば生まれたばかりのGボーイズは徹底マークされるだろう。夏休みになって、少年課はガキに厳しい。

そのあとも結成式は続いたが、気の抜けたものになった。おれとタカシは青いバンダナの贈呈式の途中で、ウエストゲートパークを離れた。

ふたりで西一番街の純喫茶にいった。紫ガラスの扉が渋い昔ながらの喫茶店だ。おれたちは五十年はウエイトレスをやっていそうなばあさんにアイスコーヒーを注文して、インベーダーゲームのテーブルでむきあった。妙に興奮していたのは、ライノーズのせいだろうか。

「タカシ、さっきのやつら、どう思った？」

双子の板倉ブラザースと部下の面々。タカシの目はぼんやりと空から降りてくるインベーダーの集団を映している。こいつの目はおふくろの華英さん似で、でかくてやたら澄んでいる。目玉を横切る紫のインベーダー。ボスの弟はぽつりといった。

「……背が高かった」

「はあ、それだけか」

　タカシは顔をあげておれを見た。

「あと、手足が長かった」

「背がでかいとか、手が長いとか、そういう問題なのか。ほかにもいろいろとあるだろ。なんかヤバそうとか、頭いかれてそうとか」

　タカシは唇の端で笑った。人を小馬鹿にしたような冷たい笑い。

「そういう心理的なことは、マコトにまかせる。おれは兄貴があのふたりをどう料理するのか考えていただけだ。ボクサーはみんなキックに弱いからな」

　おれは板倉弟が撒いていた紙吹雪を思いだした。バタフライナイフがくるくる回転するところも。ほとんどのガキが震えあがるか、ぶっ殺せと舞いあがっていたとき、タカシはあの双子をどう倒すのか考えていたのだ。

「後藤はウエイトはあったが、リーチは兄貴と変わらなかった。板倉兄は最初の突進を避けて、遠い間あいからひざの内と外にローキックをいれたんだろう。足を殺せば、やつを料理するのはむずかしくはない。相撲が怖いのは、スピードと重さが両方あるからだ」

物理の時間に習った公式を思いだす。速度と重量の積がエネルギー量になる。足がとまれば、後藤は動けないただのブタだろう。

「そういうことか。だったら、タケルさんは板倉兄と、どう闘えばいいんだ？」

タカシは右手をあげて、こぶしをつくった。じっと自分の手を見つめた。

「こいつが届く距離になれば、やつはタケルの敵じゃない。ということは、足と足の闘いになるんだろうな。タケルのフットワークと板倉兄のキック。どっちが速いかで決まるんじゃないか。どっちにしても、たいして時間はかからないはずだ」

そのままアイスコーヒーがやってくるまで、自分のこぶしを見つめている。おれもつられて、タカシの右を見た。驚いた。やつの右手の指の第二関節には、細かな傷がついて、ところどころ青痣《あおあざ》のようなものが残っている。

池袋のＫＯキッド。おれはぞっとした。その場で刑事の真似《まね》ごとをしようと決心する。

「そういえばタカシ、ノックアウト強盗の話きいたか」

刑事コロンボのようになるべく自然に話しだしたつもりだった。タカシのガラス球のような目を見つめる。嘘をつくときは、誰でも目に微妙な影がさすものだと、少年課の吉岡はいっていた。

「またでたのか」

不思議だった。タカシの目には表情がないのだ。反応が読めない。おれはとっておきの情報を流した。さらにやつの目に集中する。

「今までは顔面をなぐっていたのに、今回は違ったそうだ。左右のボディを打ち分けて、最後にKOキッドはキドニーブローをかました」

白煙のようなものがタカシの目にかすかにかかった気がした。すくなくとも、こいつはあせってもいないし、気おくれした様子もない。

「そうか」

おれはもうひと押ししてみることにした。

「タケルさんが練習場で実演してみせたのと、まったく同じコンビネーションだぞ。びっくりじゃないか」

もうタカシの目には影も光もなかった。元のとおりの澄んだ色だ。あたりまえのようにいった。

「じゃあ、KOキッドも兄貴のコンビネーションを見ていたのかもしれないな」

おれはタカシの目を見続けたが、もうなにもわからなくなってしまった。タカシは余裕の笑顔にもどっている。おれはやっぱり刑事にはむいてないみたいだ。

時刻はもう真夜中。気の抜けたおれはアイスコーヒーをのんで、タカシにきいた。

「そういえば、月曜の会社どうする？」

タカシは平然といった。

「馬鹿馬鹿しい。おれはバックれる。あんな金もうけはクソだろ。ハシヅメもつまらない小物だったしな」

おれも全面的に賛成。まじめな工業高校の生徒には、ふさわしくない夏休みのアルバイトだ。

「おれもそっちがいいな。おれおれがあそこまでくだらないとは思わなかった」

ついでにいえば、あそこまでプレイヤーのガキどもに罪悪感がなく、おまけに年寄りがあそこまで簡単にだまされるのか、そいつがおれの素直な感想。あのまま放っておけば、金だけが目的のガキはいくらでも集まるだろう。格差社会のどん底で、自分は捨てられちまったと感じてる若いやつはいくらでもいる。

「それとおれは今、ちょっとおもしろくなってきたことがあるんだ。この夏はそっちのほうでがんばってみる」

目を輝かせてタカシはそういった。危うく、ノックアウト強盗のアルバイトじゃないといいけどといいそうになった。

「そうか、おまえはいいいな。おれはこの夏も、なんにも予定ないや。女もいないし、店番してるうちに終わりそうだ。なんだかなあ」

そいつは毎年夏になるたびに、おれがこぼしてる台詞《セリフ》。どうして十代の夏って、こんなにヒマなんだろう。いっそのこと早く三十歳にでもなりたいものだ。


月曜日はおふくろの運転する軽トラックで、巣鴨《すがも》の青果《せいか》市場にいった。スイカやメロンなんかの重い段ボールを運ぶ係だ。当然おふくろはバイト代はだしてくれない。高校にまでいかせてやり、めしをくわせて、布団まで用意してやっている。店を手伝うのはあたりまえの仕事だそうだ。腹が立つ。

市場から帰り、ひと休みしていると、おれの携帯が鳴った。時刻は九時すぎか。汗がとまらない夏の朝だ。まあおれの四畳半にもエアコンがはいっているから、快適だけど。

「マコトか、なにやってるんだよ？　会社でハシヅメさんがかんかんに怒って待ってるぞ。無断欠勤は三日分の給料カットだ」

びびりまくったフジモトの声だった。めんどくさい。

「悪いな。おれ、一日中泣きながら電話するのしんどいから、パスするわ。小金にはなるかもしんないけど、おまえも適当なとこで足洗ったほうがいいんじゃないか。おれおれに未来なんてないだろ」

フジモトは泣きそうだった。

「なにいってんだよ。おまえらをリクルートして、おれ報奨金もらっちまったんだぞ。ハシヅメさんに金返さなきゃいけないじゃんか。キャバののみ代も払わなきゃならないのに」

金めあてのリクルートか。馬鹿なやつ。

「しるか。そんなのおまえの勝手だろ。とにかくタカシもおれも、会社には二度といかない。それだけ悪のバイトリーダーにいっておけ」

「バイトリーダーって誰だよ」

察しの悪いやつ。

「ハシヅメだ。決まってるだろ。もう切るぞ。それから、おまえ、これから街や学校で、おれに気安く話しかけんな。わかったか」

さらに泣きそうな声。

「そんなこといわないでくれよ、マコトさん。いっしょにシャンパンのんだ仲じゃないですか」

がちゃ切りしてやった。いい気分。おれは店を開ける時間まで、甘い二度寝をすることにした。

夏休みの昼めしは、うちでは交代でくう。おふくろが手早くつくることもあれば、近くのコンビニか弁当屋で買ってくることもある。その日は手づくりのレバニラ炒めとなぜか缶いりのクラムチャウダーの組みあわせだった。おれが店の奥で扇風機にあたっていると、二階からおふくろの声がきこえた。

「マコト、できたよ。さっさと先にくっちまいな」

「はーい」

おれは階段を駆けあがった。おふくろは口は悪いが、自分でつくった料理は必ず先におれにくわせる。出来立てを子どもにだすのが、あたりまえだと思っているのだ。そういうところは下町の貧乏人の家の母親のよさがあるよな。だから、夏休みのあいだ、おれは毎回階段を駆けあがる。

声がかかって七秒後、おれは二階の居間で箸を手にしていた。

「いただきまーす」

「はいはい」

おふくろの声はいれ違いに店番におりていく階段から響く。うるわしき母子《ぼし》愛《あい》ってやつか。胡麻油のにおいも香ばしいレバニラ炒めに箸を突っこんだときだった。おれの携帯が鳴った。こんなときに、どいつだ？

「どこのどいつだ。今、いそがしいんだぞ」

「ふざけてんじゃねえ、メロン。かんたんにバックれられると思うなよ。一日でも会社に顔だしたら、正式な雇用関係なんだからな」

冗談じゃない。おれは履歴書をだしたことも、契約書にサインした覚えもない。

「バイトだって、あうあわないがあるだろ。おれたちにはあんたのところは肌があわなかった。それがわかったんなら、さっさと辞めたほうがおたがい傷がつかなくていい」

ハシヅメははあーっと長いため息をついた。

「おまえ、誰にむかってものいってんだ?」

悪のバイトリーダーと危うく口にしそうになった。

「おれおれの会社の上司?」

電話口にどかんとゴミ箱を蹴とばす音が鳴った。ぼこぼこの缶にまたへこみがひとつ。

「ふざけてんじゃねえぞ、真島誠《まじままこと》。こっちはおまえの名前も、住所も、学校も、おふくろのことも全部わかってんだ。追いこみかけっぞ」

フジモトだと思った。あいつがおれたちを売ったのだろう。ちょっと面倒なことになってきた。

「じゃあ、どうすればいいんだよ。おれはおまえらの仕事にかむつもりはないからな」

ハシヅメはしばらく黙りこんだ。

「わかった。おまえらをうちの会社にリクルートするのはあきらめる。だが、その代わりけじめをとらせてもらう。他の社員の手まえもあるからな。示しはつけなきゃならない。おまえと安藤崇が泣きながら土下座するところを見せてもらうぞ」

おれはハシヅメの裏を考えた。本職のやくざがでてくれば、やばいことになる。

「また連絡する。いいか、逃げんなよ」

今度はガチャ切りされた。不安半分、腹立ち半分。おれは携帯電話をとなりの四畳半の夏がけに、思い切り投げつけた。冷めてしまったレバニラ炒めをくう。そんなときでも、おふくろの手料理と炊き立ての白めしはしっかりとうまかった。


店番にもどって、すぐに電話をかけた。まえ振り抜きで、いきなりいう。

「タカシ、おまえのとこにもハシヅメから電話あったか?」

宝くじがはずれた程度のクールな声がもどってくる。

「ああ、あった。あいつはおれのほうに先に電話をかけたといっていた」

ハシヅメはタカシの冷静な声が気にいったといっていた。おれおれ詐欺では、声がなにより重要らしい。おれよりタカシのほうがプレイヤーにむいている。よろこんだらいいのか、悔しがったらいいのかわからなかった。タカシは恐怖など感じさせない声で、あっさりという。

「まあ、こっちも一日見学だけでバックれたんだから、悪いとこもある。けじめをとらせてもいいんだがな。まあ、命まではとらないだろ」

おれは会社のプレイヤーの面々を思いだしていた。あそこで仕事をしていたのは生き残りで、倍以上のガキが面接にきているはずだ。おれおれにもむきふむきがあるし、成績の悪いやつはやめていくだろう。ハシヅメのまわりには、そんなやつらが数十人は確実にいる。

「そうだな、命まではとらない。というか、おれおれのために人をばらすなんてあぶない橋はわたらない。詐欺と殺人じゃ刑期がぜんぜん違うから」

タカシはほんのすこし憂鬱《ゆううつ》そうだった。

「さて、どうするかな。マコト、なにかアイディアあるか」

なにか面倒なことがあると、タカシはいつもおれにそういうのだ。期末試験の最中も、ゲームセンターでも、マンガ喫茶でも、私立の女子高とのコンパでも。おれが考える係で、やつがメダルやかわいい子を落す係。

「おれ、ちょっと頭にきてることがあるんだ。ハシヅメはおまえの携帯の番号も、住所もしっていただろ」

「ああ、うちの兄貴のことも、クラスの出席番号もな」

あのバカ野郎、おれはシャンパンで赤くなった間抜けの顔を思いだした。

「そんなこと、ハシヅメにばらすやつは、フジモトしかいない。あいつ、ちょっと締めておかないとな」

タカシが冷たく笑った。

「ははは、そいつはいいな。おれ、新しいコンビネーション試したかったんだ」

腕時計を確認した。午後一時十五分。おれはいった。

「三時ちょうどに、会社のはいったマンションのまえで。タカシ、サングラスもってるか」

「ああ」

「じゃあ、そいつをかけてこいよ」

まあプレイヤー仲間に顔を見られたくはないからな。


豊島区役所のまわりには、やたらとカフェが多かった。会社のマンションのむかいにも、流行のエスプレッソをだすカフェがある。おれたちはガラス越しにエントランスが見える席をとった。

おれはアイスラテ、タカシはエスプレッソのダブル。おれのサングラスはドンキホーテで買ったひとつ千円のだが、タカシはボッテガ・ヴェネタだった。どこから金を引っ張ってくるんだ、こいつ。

三時を五分もすぎると、オートロックのエントランスから見覚えのある顔が、ぽつぽつとでてきた。おもしろいのは誰もが外にでたとたんに携帯の電源をいれること。確かに仕事中は電源オフっていう規則は学校より厳しいよな。

「きたぞ」

タカシの声がすると同時に自動ドアのむこうで人影がちらりと動いた。目の速いやつ。おれはコップに残った最後のラテをクラッシュアイスといっしょにのみほした。


おれたちがフジモトに声をかけたのは、いつかやつに声をかけられたのと同じ風俗街。羽のついたような軽やかなステップで、タカシがやつのまえをさえぎると同時に、おれが強めの声をだす。

「フジモト!」

正面のタカシを見てから、振りむいた。目を見る。こいつの心は丸わかり。刑事でなくてもびびってパニックになっているのがわかる。学校のクラスで軽く見られ、いつもいじられているガキのおびえたような卑屈な笑顔だった。タカシはフジモトの肩を抱いた。凍りつくような声でいう。

「ちょっと話がある。顔貸せ」

おれたちは仲よし三人組みたいな素振りで、ヘルスのピンクの路上看板がでた薄暗い路地にはいった。


湿ったモルタルの壁には、雨とほこりの灰色の染み。足元にはタバコの吸いがらと空っぽのコンビニ弁当が落ちている。路地からくぼんだ雑居ビルの通用口に、フジモトを連れこんだ。タカシがいった。

「おまえ、わかってるよな」

フジモトは背中を壁に張りつけている。そうすれば雨染みにまぎれて透明人間にでもなれるというように。おれがいう。

「ハシヅメから電話があった。やつはおれたちの携帯番号も、住所も、クラスの出席番号もしっているそうだ。追いこみをかけるんだとさ」

タカシがあのガラス球のような目で、昆虫標本でも観察するようにフジモトを見つめていた。怒りも恐怖もない。ほんのわずかな興味。だが、その興味のせいで銀の虫ピンで昆虫は刺し貫かれる。

「ちょっと待ってくれよ。おれだって、ハシヅメさんに脅されて、しかたなかったんだ」

どうだろうか。女の口説きかたを見れば、どんな男かよくわかる。キャバクラでのフジモトは自分のポイントをあげるためなら、どんなネタでも利用していた。自分が選ばれるためなら、ほかのやつを蹴落《けお》とすのも当然。そんな感じ。タカシの声は検察官みたい。

「おまえがすべてうたったんだな」

「すまない。でも、ふたりが急に辞めるなんていいだすから。おれだって困ってるんだ。会社は遊びじゃないし、バイトでもない。真剣にやらなきゃ数字はとれない」

おれおれ詐欺の立派な職業倫理《りんり》だった。こんなやつをこれ以上びびらせても、気分が悪くなるだけだ。さっさと情報をしぼりとろう。

「わかったよ、フジモト。それならおれたちのためにもネタを流せ」

おびえた顔がすこしだけ明るくなった。

「えっ、なんの情報ですか、マコトさん」

またさんづけにもどっている。ころころ態度を変えるやつ。それがフジモトの生きかたなのかもしれない。

「ハシヅメのネタだ。今までも規則違反をしたやつ、急にプレイヤーをバックれたやつがいたはずだ。ハシヅメはそういうやつをどうしてた？」

「うーんと、怒鳴ってしかる。二度目には自分でなぐったり、同じチームのやつになぐらせたりする」

それなら一度見学していた。あの程度なのか。

「そういえば一度だけ、何度いっても遅刻と会社のなかでの携帯電話の使用がやめられないやつがいて」

「へえ」

「そいつは出会い系サイトにはまっていたんですけど、男のさくら相手に一日五十もメールを打ってた馬鹿なやつで」

タカシが冷凍庫から漏《も》れる冷気のような低い声でいった。

「そこは飛ばせ。ハシヅメはそいつをどうした？」

フジモトはぶるぶると震えている。

「パンツ一枚にして、両手と両足を縛りました。口にはボールギャグっていうんですか、SMで口にはめる穴の空いたボールをくわえさせて」

しゃれたことをするバイトリーダーだった。おれはいう。

「それでどうした？」

「いつもつかってないマンションのバスタブに、二日間いれてました。しょんべんもクソも垂れ流しです。水だけはのませてたけど」

「おまえらプレイヤーはとなりで、間抜けがリンチされてるのにせっせとおれおれの電話かけてたのか」

フジモトはきょとんと不思議そうな顔をした。

「それが仕事っすから。だけどそういうときはみんなどこかびびってるから、迫真《はくしん》の演技ができるんですよね。あの日は確か一日で十四本抜いたんじゃないかな」

一本は百万だから、千四百万か。たいした稼ぎだ。タカシは冷静だった。

「そのあと、バスタブの男はどうなった？」

「いや、別に。つぎの日からまたプレイヤーにもどりました。あいつ、頭が鈍いから二日間くらい垂れ流しでも、あんまり効かなかったみたいです。いつの間にか会社にはこなくなったけど。よその会社に流れていったんじゃないですかね。けっこうリクルートの話はあるんで」

口が軽くなったフジモトに質問してみる。

「そのリンチをやったのはハシヅメだけか」

「ええ、あと古顔の幹部がふたりくらい。タカシさんにのみにいかないかと声をかけてた人がいるでしょう。あの人とか」

「けつもちのヤクザは？」

それが一番ききたいところだった。

「そんなの見たことないですよ。ハシヅメさん、いつも自分にはバックがいるというけど、会社のなかのことは全部自分で片づけてます。あの人イキってるけど、ほんとはきついこと苦手なんじゃないかなあ。自分で人なぐるの好きじゃないみたいだし」

その話をききたかったのだ。あいつが裏の筋とつながっていないなら、おれたちだけで十分対処できる。おれはタカシの顔を見た。やつがうなずき返してくる。タカシはいった。

「フジモト、いっていいぞ」

「ほんとにいいんですか」

壁をはうゴキブリみたいに横に身体をずらせていく。ようやく背中をモルタルから離し、やつが風俗街のメインストリートにむかおうとしたところだった。タカシはやさしいくらいの声をかけた。

「フジモト」

「なんすか」

やつは口元に安堵《あんど》の笑みを浮かべて、顔だけ振りむいた。タカシはなにもいわずに、右のフックをやつの腹の裏側にたたきこんだ。腰を押さえて、フジモトはその場にしゃがみこんだ。

「おれたちと話したことはハシヅメには秘密だ。わかってるな」

返事はなかった。ばしゃばしゃと胃液が道にあたる音がする。気の毒ないじめられっ子。まあ同情なんてする必要ないガキだけどな。おれとタカシはフジモトをその場に残し、足早に路地を離れた。

西口にでてマックに寄った。汗をかいた身体に、冷房とファンタがうまい。窓際の席からはロータリーと東武デパートが見わたせる。東口に西武、西口に東武。池袋にくることのないやつはそう覚えておくといい。だいたい世のなかは反対にできている。

「タカシ、やつの話どう思った？」

「悪くなかった」

タカシは恐ろしく甘いマックシェイクのストロベリーを吸っている。

「おれたちだけでなんとかなりそうだよな」

「ああ。こちらも甘いところがあったから、ひとり二発はがまんしよう。だが、それ以上は無理だな」

「あとはふたりでひと暴れか」

タカシは平然とうなずく。

「そうだ。おれはハシヅメが最初から気にいらなかった。なんだあの黒い革シャツとチェーン」

となりのテーブルでキャッチの女が映画のチケットを売ろうとしていた。相手になにもいわせずマシンガンのように映画が好きな男性がいかにもてるかを説明している。女のむこうに座るのは、今日初めて東京にでてきましたといった雰囲気の小太りのガキ。大学生か。おれは大声でいった。

「なあ、タカシ、最近ほんとに詐欺が多くないか」

タカシはにやりと笑っていった。ボリュームは普通。

「ああ、そうだな」

「英会話教材だの、映画のチケットだの、ダイヤのネックレスだの、この街も詐欺師だらけだな。おまえも気をつけたほうがいいぞ」

となりのテーブルを見た。人を殺せそうな視線で若い女が、おれをにらんでくる。レーザービーム。むかいの男が小声でいった。

「すみません。時間がないので、いきます。これ、ここのお金」

百円玉をばらまいて、逃げるように二階席をおりていく。

「なにしてくれてんだよ。営業妨害だろ。ふざけんな」

ネコなで声が一変して、ドスをきかせてくる。女は唇をかんでチケットといんちきパンフレットをまとめていた。タカシがいった。

「すぐそこに池袋署がある。その足でおれたちを訴えてもいいんだぞ」

ヒールの音も高らかに、キャッチの女はおれたちを振りむきもせずにでていった。池袋もどうなってんだかな。

なぜかその週には、ハシヅメから電話はこなかった。

池袋の街も平和そのもの。埼玉からも新宿からも攻めてくるチームはない。KOキッドもあらわれない。おれは退屈な店番にもどり、タカシは要町の病院につめることが多くなった。なにもいわないが、おふくろさんの具合はよくないみたいだ。

ハシヅメはいそがしくて、おれたちのことなど忘れたのかな。まあ一日だけの腰かけのバイトなのだ。金だってもらってないし。そう思っていた週末、いきなり携帯が鳴った。夜の十時。おれは風呂あがりで裸の腰にバスタオルを一枚まいてるだけ。

「マコトか」

二度ときききたくない悪のバイトリーダーの声。

「ああ、忘れたのかと思ってた」

「誰が忘れるよ。こっちもいろいろと考えていてな。ちょっと遅くなっただけだ」

ため息がでそう。風呂あがりの熱い汗が冷えていく。

「どうすればいい？」

「明日の深夜十二時、雑司ケ谷の鬼子母神《きしもじん》にこい。安藤といっしょにな。逃げるなよ」

「わかった」

通話は切れた。敵は何人になるのだろうか。やはり無傷というわけにはいかないようだ。なにか得物をもっていったほうがいいかもしれない。おれにはタカシのような切れ味抜群のパンチは打てない。

そこで発想を転換した。こちらも二発はなぐられるのだから、ハシヅメにきつい一発をみまってやろう。それで気分はすこしはすっきりするはずだ。悪のバイトリーダーにもお仕置きは必要だ。


明治通りをそれて、参道にはいり二百メートルほど。鬼子母神は見事な鎮守《ちんじゅ》の森のなかにある。他人の子どもをくい殺す恐ろしい女神をまつった神社だ。おれとタカシは入口に五分前には到着した。真夜中でもセミの鳴き声はやかましい。街灯が点々とついているが、このあたりは池袋の繁華街をはずれた静かな高級住宅街なので、人どおりは絶えている。おれはタカシの目を見た。興奮も恐れもないガラス球。声をかける。

「さて、いくか」

「ああ」

おれたちは境内《けいだい》の石畳に足を踏みいれた。おれはいう。

「ハシヅメのアホにガマンするの、二発までだからな」

タカシはくすりと笑った。

「おれはぜんぜんガマンすることないと思うけど」

頼もしいやつ。おれは夏祭りの帰り道みたいに、やつの肩に腕をかけた。

「暑苦しい、むこういけ」

これからいっしょに闘う戦友にむかって、まったく冷たいやつだ。

「おまえなんか、悪のバイトリーダーにぼろぼろにされちまえ」

「マコトこそ、自分の身は自分で守れよ」

これだけ余裕があれば、だいじょうぶ。おれたちは本殿にむかうゆるやかな坂道をのぼった。

「時間どおりだな。ちゃんときたのはほめてやる」

売店まえのベンチに座っていたのは、黒い革シャツのハシヅメもどき。おれたちをのみに誘ったガキ。こいつは黒いシャツしかもっていないのだろうか。うっとうしい。

「ハシヅメさんはこっちだ。顔貸せ」

境内奥の稲荷《いなり》神社にある赤い鳥居にむかう。樹齢七百年のイチョウの木をとりまくように、ちいさな鳥居がコの字型に数十本は建っているのだ。朱は真夜中でもあざやかだった。

「こっちだ」

日焼けサロンが案内してくれた。ハシヅメは罰あたりにも、稲荷神社の石段に腰かけている。やつのうしろには会社で見かけたプレイヤーのガキが三人。日焼けサロンはもうひとりのガキとおれたちの背後を固めた。

敵はハシヅメをいれて全部で六人。三対一ならだいじょうぶか。本職の人間はいなかった。おれたちもなめられたものだ。ハシヅメは前回とデザインがすこし違う黒シャツ。首のチェーン（ネックレスという細さじゃないんだ）は前回と同じ。たぶんそこにさがっている金庫の鍵も同じだろう。

「よくきたな。うちの会社は、ほかの堅気の会社とは違うんだ。かんたんに一日だけ見学して、無理だからサヨナラなんてわけにはいかない。守秘義務というものもあるしな」

やつが一番恐ろしいのは、警察にでも通報されることだろう。おれはやつがおれたちにこだわる理由がようやくわかった。長期間いっしょにプレイヤーとして働いたやつなら、心配はないのだ。自分もいっしょに塀のなかに落ちるからな。だが、おれたちは違う。一日だけ行動はともにしたが、実績はゼロ。通報しても、こちらはおしかりだけでたぶん無罪。やつらは全滅だ。おれはいった。

「悪いな。ちょっとクラスメートに誘われて興味はもったが、おれたちにはむいてなかった。バイトじゃよくある話だろ」

おれたちの背後で日焼けサロンが叫んだ。

「おまえ、ハシヅメさんになんて口きいてんだ」

高校生ふたり相手に、自分の部下を五人も連れてくる。たいした大物だった。タカシが昂然《こうぜん》と胸を張っていった。

「すまないな、頭はさげる。だが、おれたちを脅しても無駄だ。おまえは追いこみをかけるといっていたが、やれるならやってみろ。おまえたちの誰ひとり、安心して夜道を歩けなくなる」

ハシヅメもさすがにおれおれ詐欺の会社を束ねるだけのことはあった。まったくひるまない。

「おまえたちの度胸はたいしたものだ。本気で仕事をしてくれたら、いいプレイヤーになっただろう。だが、そいつはもういいだろう」

なぜこんなに余裕があるのだろうか。おれの頭はフル回転した。援軍がくるのか、あるいは本職の暴力団員でも呼んでいるのか。とにかく嫌な予感がする。ハシヅメは腕時計を見た。子ども用のおにぎりくらいあるすかしたパネライだ。黒シャツにいう。

「時間だ。連れてこい」

おれはカシオのGショックを確認する。真夜中の零時五分すぎ。日焼けサロンが駆けていき、おれたちは無音の赤鳥居に残された。ここは子どものころよく遊んだ場所だ。十年後、こんなふうにしびれていると誰が想像しただろうか。

「ハシヅメさん、お連れしました」

日焼けサロンが丁寧語になっている。いったい誰だ。おれは振りむいた。

「タケルさん……」

白いボタンダウンの半袖シャツに、細身のジーンズ。いつもの格好の池袋のボスが立っていた。タカシがうなるように漏らした。

「……兄貴」

ハシヅメがぱんっと一発だけ手を打った。

「おまえたちみたいなガキと話をしてもしょうがないだろ。弟が犯した罪は、ちゃんと大人の兄貴に補償してもらわないとな」

こいつの余裕の理由は、タケルだったのか。二発だけならガマンするなんて、おれもタカシも甘かった。最初からハシヅメを狙って突っこんでいればよかった。となりにいるタカシの顔を読んだ。平静を装ってはいるが、心のなかでは動揺しているのがわかった。ハシヅメが命令した。

「安藤猛、おまえが池袋のボスなんだってな。Gボーイズの結成式なかなか見事だったぞ。まえにでろ」

おれたちを守るようにタケルが踏みだした。赤い鳥居の中央で両手を組む。タカシがちいさな声でいった。

「兄貴、こいつらをやろう。おれとあんた、おまけにマコトを足せば、全員潰すのはわけもない」

その言葉でハシヅメの手下たちに衝撃が走ったようだ。確かにタカシの計算は正確だ。おれがいなくとも、安藤兄弟だけで六人ならぺろりと片がつく。ハシヅメはびびったようだが、それでも虚勢《きょせい》を張った。

「電話で約束したよな、タケル。おまえが弟の罰は受けるってな」

周囲の視線がタケルに集中した。ボスがひと言NOといえば、おれはとりあえず背後を固める日焼けサロンに飛びかかるつもりだった。セミの声だけが広い境内を満たしている。無言の数秒がひどく長く感じられた。タケルがかすれた声でいった。

「わかっている。落ち度はタカシにある。おれを好きにしろ」

ようやくハシヅメの肩から力が抜けた。

「それでこそ池袋のボスだ。アイス、おまえはいい兄貴をもったな。じゃあ、おれに約束しろ。まずおまえとの約束で、そのふたりは警察には絶対にチクらない」

タケルはあごを沈めた。

「タカシもマコトも警察にはチクらない」

ハシヅメの目に暗い影が走った。ひどくうれしそうだ。下品な男。

「落としまえは、ふたりではなく、安藤猛おまえがとる」

おれは思わず、こぶしをにぎり締めた。タカシも同じだった。やつの肩がカウンターをとるボクサーのようにぴくりと動く。タケルが半分だけおれたちを振りむいた。池袋のボスの困ったような笑顔のシルエットが、鳥居の赤に浮かんでいる。

「ああ、落しまえはおれがとる。ただし、今夜が終わったら、おまえたちは一切タカシとマコトに手をださない。ハシヅメ、約束は守れ。おれもおまえとの約束は守る」

じっとタケルがハシヅメをにらんでいた。先に目をそらしたのは悪のバイトリーダー。バイトがボスにかなうわけがない。タケルは歌うようにいった。

「もしおまえたちの誰かが、こいつらに手をだせば、池袋のGボーイズ全部が相手になる」

夜の境内の空気がどんどん冷えこんでいく。タケルはゆっくりといった。

「ハシヅメ、わかったか。約束できるか」

おれはやつが心底びびっているのがわかった。タケルはやつが普段相手にしているやつらとはぜんぜん違うのだ。軍人とボーイスカウトくらいな。

「……わ、わかった。約束は守る、だから、おまえも約束守れよ」

約束、約束、うるさいガキだった。タケルはくすりと笑みを漏らした。

「ああ、おまえが好きにしていい。おれは打ち返さない」

タケルは両手をうしろにまわし、しっかりと交互に手首をにぎり締めた。足を広めに開き、重心を落す。笑いをふくんだ声でいった。

「おれはいつでもいいぞ。ハシヅメ、始めろ」

待ってくれ！

おれは叫びそうになった。タケルの身体は、やつひとりのものじゃない。池袋のボスなのだ。この街のガキの希望の星だ。なぐられるなら、おれが好きなだけなぐられる。こんな身体などどうなってもいい。一歩まえにでようとしたところで、タカシがおれの肩をつかんだ。おそろしいくらいの握力。指の形にいつつのあざができそうだった。

はっとしてタカシの顔を見た。唇の端から血がひと筋。やつは唇をかんで、この状況をこらえていたのだ。

「タケルに恥をかかせるな。マコト、落ち着け」

ハシヅメがにやにやと笑いながら、タカシに近づいていった。

「仲よきことは美しきかな、だよな。おまえらはいい兄貴をもってしあわせだな」

思い切り左手を引き、みえみえのテレフォンパンチをくりだそうとする。タケルなら東口の麵創房無敵家の行列に並び、つけ麵をくってからでも避けられる速さ。力まかせの横なぐりのフックだ。軌道が低いから、おれにさえ腹を狙ったとわかった。

どすっと鈍い音がする。ハシヅメは悪のバイトリーダーらしく間抜けだった。シックスパックどころか、タケルの腹は腹直筋だけでなく、内と外の腹斜筋に腹横筋と十二か十四に割れている。

「痛っ！」

手首を押さえ、叫んだ。ハシヅメの顔色が変わった。左足を引き、ミドルキックをタケルの太ももにぶちこむ。こいつは左利きなのか。タケルは無言で耐えた。太ももの内側と外側に、ハシヅメの蹴りが決まる。足の力は腕の数倍はある。衝撃力も同じだ。

真夜中の境内に肉が肉を打つ音が連続して響く。おれは頭がおかしくなりそうだった。

キックの数は覚えていない。だが、時間にしたらほんの二、三分だろう。人を蹴るのもなぐるのも、ひどく疲れるようだった。ハシヅメは肩で息をしていた。熱帯夜のなか革シャツをぐしゃぐしゃに濡らしている。

「……最後だ」

ハシヅメはタケルの右足を踏みつけ、身体全体でタックルにいった。理由ならはっきりしている。パンチでもキックでもやつを倒せなかった。なんとかして、無抵抗のボスに土をつけたかったのだろう。

おれはなぜハシヅメがタケルを呼んだのか、そのときわかった。こいつはあのGボーイズの結成式のとき、タケルにあこがれたのだ。会社のプレイヤーはみなただの部下で、Gボーイズがタケルを慕《した》うようには、やつを慕ってはくれない。

部下のまえでタケルを倒し、自分に箔《はく》をつけたかったのだろう。なんとも哀れなガキ。だが、倒れざまタケルが初めて声を漏らした。つま先を踏まれていたので、うしろに倒れるとき足首をひねったようだ。

ハシヅメは両手をひざについて吐きそうな青い顔でいった。

「……これで、おれとおまえの……あいだには、貸し借り……なしだ……約束は守れよ、安藤」

タケルはこたえなかった。ハシヅメがいった。

「みんな、いくぞ……今夜は好きな酒をのんでいい……おれが池袋のボスを……倒した記念だ」

おれからハシヅメまで、ほんの三メートルだった。二歩でやつの腹に穴を開けられるし、玉を蹴りつぶせる。タカシが低くいった。

「マコト、抑えろ」

ハシヅメとおれおれのプレイヤーたちが、鬼子母神の境内を悠々《ゆうゆう》とでていく。おれとタカシで肩を貸し、タケルを立ちあがらせた。タケルもタカシもなにもいわなかった。そのまま数百メートルを歩き、明治通りでタクシーをとめた。ふたりをのせる。おれはひとりになりたくて、歩いて帰ることにした。

雑司ケ谷から池袋までの帰り道、おれは頭のなかでハシヅメを百回は殺した。ぜんぜん怒りは鎮《しず》まらなかったけどな。

またも静かな夏休みの日々がもどってきた。

おれがミヤさんから緊急呼びだしをくらったのは、四日後のことだった。場所はうちの近くのウエストゲートパーク。午後九時、ちらほら酔っ払いが湧いている。ミヤさんは円形広場をのぞむステンレスパイプの椅子に座り待っていた。周囲はネオンサインの断崖だ。おれの顔を見ると舌打ちする。

「なにやってんだよ、マコト」

ベンチに座るまえに頭をさげた。

「すいません」

ほかになにをいえる。おれとタカシで馬鹿をやって、池袋のボスに傷をつけた。

「いいから座れ」

「タケルさんのケガの具合はどうなんですか」

ミヤさんは自分の右手に目を落としている。包帯でぐるぐるまき。ぽつりといった。

「あの足、おれだったらよかったのになあ」

ハシヅメは左利きだった。キックボクサーでもないやつには、利き足しかつかえない。当然、タケルの右足に被害は集中していた。

「太ももの腫れは二日で引いた。たいした蹴りでもなかったみたいだな。でも、足首は本気でやばい」

昼の熱でなまぬるいベンチに腰かけた。

「……そうですか」

「そうですかじゃねえだろ、マコト。素人はみんなボクサーは肩や腕でパンチを打つと思ってる。でも、一番大事なのはこぶしから一番遠いところにあるんだ。右利きなら、蹴り足の右の足の裏。スピードと体重移動と旋回力のすべてが最初に始まるところだからな」

タケルの竜巻のようなパンチを思いだした。一番大切なことは、一番遠くでおこる。覚えておこう。

「今じゃ、タケルのスピードとパンチ力はベストのときの半分だ。池袋のGボーイズの最大戦力は修理中だ。マコト、なぜ、おれたちに相談しなかった？」

おれは自分がまだガキだと痛感した。声がちいさくなる。

「自分たちだけで、なんとかなると思っていた。ハシヅメがタケルを呼びだしていたなんて、想定外だったんだ」

ハシヅメのバックに危険な者はいない。二発なぐられてガマンできなくなれば、大暴れして帰ってこよう。そんなふうに単純に考えていた。おれはハシヅメのような男の卑屈さや虚栄心《きょえいしん》を読み間違っていた。自分を強く見せるためには、どんな条件でもためらいなく利用する。おれおれ詐欺のバイトリーダーにはぴったりの性格だ。

「ミヤさん、おれとタカシにいかせてもらえませんか」

タケルの仇を討ちたかった。種をまいたのは、おれたちだ。

「同じことをおれも、Gボーイズのヘッド連中もいったさ。でも、タケルが首を振らない。ボスのOKもなく突撃隊は組めないだろ」

そうか、タケルのやられ損なのか。おれの腹が煮《に》えくり返る。

「だけどな、今回の件でひとつだけいいこともあった」

ミヤさんはあごの先をしゃくった。ウエストゲートパークの東武デパートロから、太めのジーンズをはいた白シャツのガキが歩いてくる。右手首にはGボーイズのチームカラーの青い布がまいてある。夏の夜風をはらんで、バンダナの先がなびいている。

「……タカシ？」

おれが手をあげると、やつはほんのすこしうなずいた。ミヤさんの声はひどくうれしげ。

「タカシはGボーイズにはいった。タケルの補佐を自分から買ってでたんだ。今じゃ、毎日ボクシング部の練習場でトレーニングをしてる。やつはすごいぞ」

ミヤさんの声に畏怖《いふ》を感じた。なにかとんでもないものに出会った人間のおそれ。

「タカシはそんなにすごいんですか」

「ああ、もうタケルさん以外に相手をできるやつは、うちの部にはいない。まともに始めて三日か四日だぞ。ボクシングは九十パーセントが素質《そしつ》なんだ。やつはタケルさんより線がすこし細いし、ウエイトも軽い。だけど、生まれもった能力なら兄貴よりもうえかもしれない。どんなむずかしいコンビネーションでも一度見れば、だいたい打てるしな。とにかく手が速くて、目とリズム感がバツグンなんだ。世界だって狙える素質だ。もっとも本人はタケルをたすけて、この街を守ることしか考えてないみたいだけどな」

タカシが石畳をゆっくりと近づいてくる。メダルゲームならわかるが、こいつがタケル以上のボクシングの天才か。目を丸くして眺めていると、二メートルほどの距離からタカシがいった。

「なんだ、マコト。おれの顔がそんなにめずらしいか」

女にもてそうな甘いマスク。だが、タカシのほんとうの中身はそんな外見にはない。

「兄貴にしかられて泣いてるかと思ったよ。その調子ならだいじょぶそうだな」

獰猛《どうもう》に笑って、ボスの弟がいった。

「おまえ、キドニーブローの実験台にならないか」


ミヤさんがいきなり立ちあがった。ぱんぱんとチノパンの尻をはたく。

「おれはそろそろいくわ。マコト、タカシがおまえに話があるそうだ。じゃあ、明日学校でな」

「えっ、おれが？　ボクシング部には関係ないと思うけど」

「まあ、いい。話はやつにきけ」

　ミヤさんはタカシとこぶしをあわせた。底を一回、うえを一回。こつん、こつん。最後に親指を立てる。なかなかカッコいいが、おれはそんなものを初めて見た。ミヤさんがいってしまうと、タカシはいった。

「そこ、いいか」

　ベンチのおれのとなり。もちろん空席だが、そんなことをやつにいわれたことがないので、ちょっと緊張してしまう。

「いいよ。さっきのげんこつをこつんとやるやつ、なんなんだ？」

「ああ、あれはGボーイズの挨拶、握手代わりだな。おれとしても人まえでやるのは、すこし恥ずかしいんだけど」

「その割にはのりのりだったじゃないか。ミヤさんにきいたよ。おまえ、Gボーイズにはいったんだってな」

「そうだ。タケルのおかげではいって三日で幹部あつかいだ。居心地わるくてたまらないよ」

　教室でもストリートでも、いつもクールで単独行動を好むタカシにしたら、めずらしい話。空き缶をおいて、噴水まえでへたくそなアマチュアが歌っていた。別れたきみが最高。今も愛してる。ひねりがまったくない歌詞。気味がわるい。

「おれもタケルにきいた」

「なにを」

タカシはおれを見て、かすかに笑った。葉書き一枚くらいの厚さで、唇の端がつりあがる。

「おれがKOキッドかどうか、おまえが探っていた話」

ボスがやらかしてくれた。ちょっと腰が引けてしまう。

「しかたないだろ。おまえの兄貴に頼まれたんだから」

タカシの表情は変わらないが、目がすこしだけ暗くなった。傷ついてるのか、こいつ。

「疑うなら最初から、おれにちゃんと質問しろ。おれはおまえに嘘はつかない」

どうやらタカシは白のようだ。確かにこんなことなら、さっさときいてしまえばよかった。

「悪かったたな。でもタケルさんがいってたんだ。おまえは最近夜になると理由もいわずに家をでていくってな。それにあのボディ打ちを習ったあとで、KOキッドはすぐにキドニーブローをつかった。誰だって、おまえが怪しいと思うさ。毎晩なにやってたんだよ」

　タカシは頬をわずかに赤らめた。

「ロードワーク。タケルにすこしだけボクシングを教わって、自分の体力のなさにあきれた。それで毎晩走ってたんだ。公園では腹筋・腕立て・懸垂《けんすい》。懸垂は広背筋を鍛えるななめでやるやつだけど」

　そうだったのか。見た目ではぜんぜんわからなかった。

「筋肉隆々って感じにはなってないんだな」

「ああいうのはスピードが落ちるだけだ。ボクサーのパンチは力でなく、切れで相手を倒すんだ。無駄に太った筋肉はいらない」

「ミヤさんがいってたぞ。おまえはタケルさんよりいい素質をもってる。世界を狙える器だって」

　タカシは肩をすくめた。青いバンダナの先が夜のなかふわりと揺れる。

「そんなことはどうだっていい。おれは今、あせってるんだ。埼玉ライノーズは今、おれたちの頭を越して、新宿に攻めこんでいる」

　街の噂ではきいたことがあった。板倉の双子は、手下を連れて連日新宿に出張っているという。新宿のチームは連戦連敗。都内で最大勢力の新宿を落とし、それから東京の全制覇を狙っているらしい。

「昨日の敵は今日の友で、Gボーイズも援軍頼まれているんだろ」

「ああ、うえのが何人かすけっ人にいってる。でも、あまり結果はよくない」

おれはタカシの横顔を盗み見た。タケルとタカシをタクシーに押しこんだ鬼子母神の夜を嫌でも思いだす。

「やっぱりボスがいないとダメなのか」

「ああ、そうだ。板倉のふたりには、タケルしか対抗できない。まだベストにはほど遠い出来だしな。ひととおりの練習はやってるけど、平気な顔はしていても、ずっと右の足首をかばってる」

涼しい風が吹いて、誰かが捨てたスポーツ新聞が広場を転げていった。

「おまえは新宿にはいかないのか」

タカシは無表情にうなずいた。

「とめられてる。タケルにいわせると、おれはまだ全力でしか打てないそうだ。それでは間違って人を殺すかもしれない。リラックスして、七割の力で相手をきれいに倒せるようになるまで、危なすぎて戦力としてつかえないってさ。つまらないな」

自分の身に危険が迫った、緊急時にリラックスして脱力できる。そんなことができるのは、どんな武道でも達人だけだろう。タカシでさえまだまだ道は遠いということか。

「おれ、さっきミヤさんに明日、ボクシング部にこいっていわれたんだけど、どういうこと？」

タカシはちらりとおれを見る。

「あー、おまえ今日なにしてた？」

「ずっと店番。おふくろが新橋演舞場に芝居観にいっててさ。たまんないよな。バイト代ゼロで丸一日はさ」

くすりと笑って、タカシはいった。

「でたんだ」

「なんだよ」

「ＫＯキッド。今度はまた顔面にもどった。会社員の歯があたって、やつのこぶしに傷がついたらしい」

「その話はどこから？」

おれみたいに少年課にコネクションがあるのだろうか。二重スパイ・吉岡。

「今回は目撃者がいた。Ｇボーイとガールのカップルだ。植えこみのケヤキの陰で、いちゃついていたらしい。黒いパーカーのガキは、金もとらずに右手を押さえて逃げていった。現場には血が落ちていたそうだ」

「そうか。じゃあ、KOキッドが明日の練習にくるんだな」

タカシはつまらなそうにいった。

「だから、いっただろ。タケルのコンビネーションを見ていたやつだと」

「おまえだって見てただろ」

「ああ見ていた。おれがあんなみえみえのパンチをつかうときは、よく人を選ぶよ。KOキッドほど間抜けじゃない。練習は午後二時からだ。じゃあな。おれはここから走って帰る」

そのままニューバランスのジョギングシューズで走っていってしまった。おれはタカシのうしろ姿を見送った。走るというより、スーパーボールが弾みながら転がっていくようだ。でたらめなバネを感じさせるフォーム。

世界を狙える。ミヤさんの言葉を思いだす。そんな逸材《いつざい》なら、この池袋でいったいなにができるのだろうか。

夏休みの学校って、いいよな。

勉強しているガキは誰もいない。教師もぱらぱら。生徒も当然、部活の面子《メンツ》が少々だ。地球滅亡後の工業高校って感じ。まあ、人類が滅亡後なら、ＮＣ旋盤もプレス機もパソコンもいらないだろう。この学校は無用の長物。

おれは午後二時十分まえに、ボクシング部の練習場にはいった。リングのうえではタカシがミット打ちをやっていた。相手はタケル。腹にプロテクターをつけて、両手にはミット。右足はやはり軽く引きずっている。

「力抜け、タカシ。おまえのこぶしはリラックスするほど速くなるぞ」

まえもってダンスの振りつけがすんでいるようだった。タケルがかまえたミットに一瞬の遅れもなくタカシのグローブが吸いこまれていく。乾いたいい音だ。目を閉じると、タカシの腕がわかった。パンチの連打が音楽にきこえる。腕のいいアフリカ系アメリカンのドラマーみたい。手数は多いが決してリズムははずさない。

「まだまだ、もっと抜ける」

タケルはリングを丸くまわりながら指導する。ぱん、ぱん、ぱん、ぱん。右と左の四連打はほぼひとつの音にきこえる。

「リラックスだ、タカシ。打つんじゃなく、パンチの衝撃だけおいてくる感じ」

右のミットを顔面の横にあげて、タケルが叫んだ。

「脱力だ、力抜け。もっと、もっと」

そのときタカシがジャブだか、ストレートだかわからないような力感のまるでない右のパンチを放った。ミットにグローブが吸いこまれると、今までとはまるで違う高い音がなった。なにかの発射音というか、ガラスのコップが砕ける音というか。タケルのミットが頭のうしろまで跳ね飛ばされる。

「そいつだ。今のを忘れるな」

おれのとなりでミット打ちを眺めていたミヤさんがいった。

「マコト、今のがほんもののノックアウトパンチだぞ。あれを急所にくらって、立っていられるやつはまずいない」

タカシはコツをつかんだようだった。そこから、やつの右は半分以上のパンチで、その澄んだ高い音を鳴らすようになったのだ。


タカシは腹をふいごのように上下させながら、リングをおりてきた。荒い息でおれにきく。

「どうだった、おれの右」

おれは正直呆然としていたが、やつの力なんて素直に認めるわけにはいかない。

「まだまだだな。おまえは力はいりすぎだ」

風を切る音がして、やつの殺人的な右がおれの顔面三センチでとまる。風圧で髪が乱れそう。

「抜かしてろ。だけど、今日やっといい感覚をつかめた気がする」

ミヤさんがあきれていった。

「おまえが四日で覚えたあの右ストレート、十年練習しても打てないやつのほうがはるかに多いんだからな。ちょっとは先輩に気をつかえよ」

プロテクターを脱いだタケルが叫んだ。

「よし、全員集合してくれ。ちょっとおれの弟から話がある」

ボクシング部員は全部で二十七人。すべての面子が顔をそろえていた。ミヤさんがおむすびみたいに愛嬌《あいきょう》のある三角形の顔をした二年生に声をかけた。

「オム、売店でスポーツドリンク買ってきてくれ。甘くないやつな。おれとタケルさんの分な」

小銭を受けとり、困ったような笑顔でそいつは走っていった。同じ学年か。一年坊もいるのにな。おれはやつの右手の青いバンダナに気をとられていた。つかい走りを頼まれるいじられ役。タカシにきいた。

「さっきのオムって誰？」

「木《き》元《もと》浩太《こうた》だったか、健太《けんた》だったかな。みんな、顔の形からオムって呼ぶだけだ」

ミヤさんにもきいてみる。

「ボクシングはどうっすか？」

「練習はすごく熱心だ。レギュラーのちょいしたってところかな。実力はまあまあだが、試合になると気が弱くて、一年にも打ちこまれる」

おれはその場にいる全員の右のこぶしを観察していった。バンデージをまいているやつは何人かいる。だが、素手《すで》にバンダナをまいていたのは木元だけだった。タカシに目をやる。やつはとうの昔に気づいていたようだ。おれにしっかりとうなずきかけてきた。

オムがもどって、四角いリングをかこむように部員の顔がそろった。タケルがリングの中央でいった。

「ここにいるおれの弟が、みんなに話があるそうだ。きいてやってくれ」

クラブの伝説の先輩で、池袋のGボーイズの初代ボスが、となりに立つタカシの肩をぽんとたたいてリングをおりた。タカシはバンデージをまいたままの両手をまえで重ねる。タンクトップは汗で身体に張りつき、髪は乱れていた。

「おれの話というのは、池袋の街をさわがせているKOキッドのことだ。前回、兄貴がボディ打ちを見せてくれた直後、KOキッドはキドニーブローをつかった。そのまえにはやはり兄貴が打ったフックのコンビネーションをつかっている」

フックのコンビの話は、おれも初耳《はつみみ》だった。

「どうしてわかったんだ？」

タカシはリングのうえからおれをちらりと見ていった。

「被害者に会い、直接確かめてきた。三十代の会社員で、目白に住んでいる」

ボスのクールな弟は、部員の顔を順番にゆっくりと眺めていく。

「おれにはタケルが教えたパンチとKOキッドが打ったパンチが偶然同じだったとは、とうてい思えない。KOキッドは間違いなく、タケルの実演を見たんだ。それは同時にここにいるやつの誰かが、犯人だということだ」

ざわざわと汗臭い練習場が浮足立ってきた。部員たちはおたがいの顔を見あわせている。タカシは冷静だった。

「おれはその会社員に、ＫＯキッドの身長もきいている。トレーニングシューズをはいて、百七十をちょっと切るくらい。どうだ、まだ名のりでるやつはいないのか」

おれは百七十くらいの部員に目をやった。主力の軽量級は小柄なやつが多く、七十を超えるのは五、六人だった。まだ部員の四分の一以上があてはまっている。木元もそのうちのひとりだった。タカシはしばらく待った。誰も動かない。

「もうきいているかもしれないが、昨夜十時ごろ、東池袋でまたＫＯキッドがあらわれた。今度の被害者は四十代の男だ。狙いが狂ったのか、ＫＯキッドのこぶしはやつの歯に……」

うわーと頭を抱えて、木元がひざをついた。全身をぶるぶると震わせている。右手の青いバンダナはＧボーイズの証だった。

「……おれは、おれは……タカシみたいに才能ないから……いくら練習しても……一年にもやられるし……それで、それで」

素質はイマイチでも練習熱心ないじられキャラか。きっと木元は人一倍プライドが高かったのかもしれない。

「タカシには、おれの気もちなんて、絶対にわからないだろ……なにが、オムだよ……おれはおむすびなんかじゃねえよ」

部員たちは静まり返り、しばらく木元を見ると、虚《うつ》ろに目をそらしていく。確かに正《せい》視《し》に耐えないものがあるよな。つぎに視線が集まったのは、池袋のボス・タケルだった。

「この件の裁きは、タカシにまかせた。やつはもううちの幹部だ」

リングに注目がもどった。タカシは不安な視線を浴びても揺らぎもしない。

「木元、おまえが獲《と》った金は総額いくらだ」

驚いた顔をして、オムがタカシを見あげた。

「全部で十二万ちょっと」

九件でそれだけか。さすがにデフレニッポン、会社員の財布は薄い。

「だったら、明日からバイトしろ。倍の二十五万、どこでもいいから慈善団体に寄付しろ」

木元はおびえた顔でいう。

「学校や、警察には？」

自分がやったことが犯罪だとは、木元もわかっているようだった。視線が泳いでいる。

「届けでるつもりはない」

「ほんとに」

Gボーイズやボクシング部の問題に、外の力をいれたくない。タカシの気もちはわかった。けれど、すこしあまくないだろうか。一週間程度だが、被害者のなかにはケガをした者もいる。タカシは裁判官のようにいう。

「それから、おまえには夏休み中に部員全員と百ラウンドのスパーリングを命じる。みんな手を抜かないように」

タカシはリングのしたにいる兄を見た。ぱんっと一度だけ手を打って、池袋のボスがいった。

「裁きはおれがタカシにまかせた。やつのいったことをおれの命令だと思ってくれ。この件については誰ひとり外で口にするな。うちのボクシング部の恥だからな」

ミヤさんが壁の時計を見ていった。

「よし、十五分休憩だ。そのあと、二年のスパーリングから始めるぞ」

部員が散っていく。誰も木元に声をかけるやつはいなかった。タケルが右足を引きずりながら近づき、やつの肩に手をおき、なにかをいった。ほかの誰にもききとれないちいさな声。木元は両こぶしを握って、その場に立ったまま泣きだした。

おれはボスと呼ばれるには、強いだけではダメなんだと思った。誰もたすけてくれないときに、手をさしのべる。木元は明日からタケルのために命を投げだすようになるだろう。


おれとタカシは風を浴びるために、外にでた。サッカー部が練習試合をしているフィールドは砂漠みたいに乾いている。

「おまえ、いつからGボーイズの裁判官になったんだ」

タカシは校舎のむこう、オフィスビルのうえに背を伸ばす入道雲を見つめていた。池袋に地平線はないんだ。

「おれにもよくわからない。タケルがなぜか、Gボーイズの仕事を振ってくるんだ。チーム同士のいさかいの裁定とか、KOキッドのけじめとかな。ボクシングだって、なみのしごきじゃない。毎日へとへとでベッドで倒れると眠りこんで、気がつけば朝になってる」

自分のもつすべてをタカシに教えたいのだろう。おれにはタケルの気もちがわかった。いつかの台詞を思いだす。おれはいっぱいいっぱいだ。ボスであり続けることにはたいへんなプレッシャーがあるのかもしれない。

おれは鬼子母神の夜から考えていたことを口にした。

「なあ、タカシ、おまえがGボーイズにはいったんなら、おれもそっちでやってみようかな」

タカシはじっとおれの目を見る。感情の読めないガラス球。

「いや、だめだ。Gボーイズのトラブルに白黒をつけてみて、よくわかった。おれの立場ではメンバーとは友達になれない。タケルもいっしょなんじゃないかな。やつもおれのこと誘わなかったから」

ボスは孤独なのか。おれとタカシはならんで、輝くような八月の入道雲を見ていた。ボスの弟はいいにくそうにいう。

「おまえとは、その、なんていうか、ずっと友達でいたい。そのほうがいいんだ。うちにはきてくれるな」

なんかくすぐったい感じ。女がプロポーズされるとき、こんな気分になるんだろうか。

「わかった。おまえの部下なんて、絶対いやだしな。だけど、なにかあったら、おれにいうんだぞ。ボスの弟で、即幹部ってのもつらそうだからな。息抜きに遊んでやるよ」

「わかった、マコト」

おれはこんな雰囲気が苦手だ。

「ほら芸能人でいるだろ、親とか兄弟の七光りで、ぱっとしないやつ。おまえもこれからGボーイズで苦労するだろうからな」

「ふざけんな」

正直なところやつの左ジャブはぜんぜん見えなかった。おれの鼻先一センチ。これからはタカシに冗談をいうときは、最初に距離を計ろうと思った。


平穏な日々がもどってきた。

街であれこれとトラブルが起こると、面倒だが退屈はしない。なにも起きないと、平和だが退屈が入道雲のように盛りあがる。ひとりではとても抱えきれないくらい。夏休みの前半って、永遠に終わらない退屈って感じだよな。おれに待っているのは、変りばえのしない西一番街での店番ばかり。遊び相手だったタカシはボクシングの練習とGボーイズの仕事でいそがしい。半分はさぼっていた学校でさえなつかしいくらいだ。

変化が起きたのは、八月もようやくなかばをすぎたころ。それは悲しいしらせで始まった。


静かな雨がふる水曜日だった。

　そんな日はうちの果物屋も開店休業の状態が続く。店の奥でラジオでもききながら、果てしなくふる雨の様子を眺めるくらいしかできることはない。しかし昼間のラジオって、なんであんなにシモネタが多いのかな。大人たちの暑苦しさは相当なもの。

　おれは熟《う》れたスイカを切ろうと、包丁を研いでいた。意外かもしれないが、こういうのは得意なんだ。濡らした砥石《といし》に包丁を滑らせる。糸のように細くした蛇口の水で刃を洗い、指先で切れ味を確かめる。なかなか気もちいいよ。

　ジーンズの尻ポケットで携帯が鳴った。不思議だが、話をきくまえに嫌な予感がする電話ってあるよな。Tシャツの襟ぐりに電線から滴が落ちたみたいだった。冷たい感覚が背中を走る。液晶の小窓に映る名は安藤崇。

「おれだ、どうした？」

　タカシは返事をするまえに、ゆっくりと深呼吸を一度した。なぜだろう。

「連絡だ。うちのおふくろが今朝の明けがた危篤《きとく》になった。医者には、全力を尽くすけれど覚悟をしてくれといわれている。そっちのおふくろさんにも伝えてくれ」

しばらく返事ができなかった。

「なんていったらいいのかわかんないけど……たいへんだな」

タカシは気丈《きじょう》にいう。

「いつかこんな日がくると、おれもタケルも覚悟はしていた」

「おふくろは絶対面会にいきたいというと思う。その、おれもさ。病院に押しかけて、だいじょうぶかな」

「ああ、意識はほとんどもどらないけど、おわかれをいいにきてくれ。うちのおふくろも……最期に……会いたがると思う」

おれは電話できいていただけで、「最期に」のまえにタカシが一粒だけ涙を落としたのがわかった。声はまったく揺れていない。でも、やつが泣いたのは確かだ。おれの胸もぐっときたが、全力で涙をこらえているやつのまえでかんたんに泣くことなどできなかった。

「おふくろにはいっておく。なにか足りないものはないか」

またしばらく時間があいた。雨の音と熟れた果物の匂い。

「もうおふくろに必要なものはないんだ。マコト、おれはそいつがつらい」

電話はいきなり切れた。それでちょっとだけ泣くことができた。うちの店のまえを傘をさしてとおりすぎていく小学生が、おかしな顔をしておれを見た。すぐに視線をそらす。おれは水道で顔を洗い、息を整えると、二階で再放送のドラマを見ているおふくろに、タカシの母親のことを伝えにいった。


おふくろはその日の午後には、いくらかの金を包んで要町の都立病院に見舞いにいった。店に帰ってくると不憫《ふびん》だ、不憫だと繰り返す。おれは返事も相手もしなかった。その日は胸が騒いだが、無理やり寝た。

おれが病院にいったのは翌日。雨があがると南風が吹きこんで、気温は急上昇した。昼すぎに三十六度。なにか栄養のつくものをと思い、東武のデパ地下でカツサンドを買っていく。これでも気がきくほうなのだ。

タカシのおふくろさんは病室を移っていた。ナースステーションのまえにある危険な状態の患者むけの個室だ。廊下のベンチに兄も弟もいた。タカシにカツサンドをさしだしていう。

「ちゃんとくってるか。くわないと、おまえのほうが倒れちゃうぞ」

頰がこけて、顔つきがさらに鋭くなっている。タカシはやつれた顔で笑った。

「ああ、味がぜんぜんわからないけど、仕事だと思ってたべてはいる」

タカシに負けないくらいやせたタケルがいった。

「おれはしたの食堂にいってくる。マコト、うちのおふくろの顔見てやってくれ。おまえのところのおふくろさんにも、よろしくな。ほんとにたすかってると」

タケルが右足を軽く引きずりながら、病院の妙に広い廊下をエレベーターにむかう。

タカシはおれにうなずいた。

「会うか？」

「……ああ」

開いたままの戸口を抜けて、ベッドのわきに立つ。ひと目見て、これはいけないと感じた。目と頰は落ちくぼみ、土気色《つちけいろ》。鼻にはチューブがとおり、左腕には点滴がさしてある。スタンドには三種類のばかでかい薬液がさがっていた。

そのときに思ったことは忘れられない。おれは今、これから死んでいく人を見ている。その感覚は圧倒的で、おれは言葉を失った。タカシは恐ろしくやさしい声で眠り続ける母親にいった。

「おふくろ、ちょっと暑いか」

濡らしたタオルで、額をふいてやる。おれはもうたまらなかった。病室を逃げだし、太陽の光を浴びたい。こんなタカシを見ていたくなかった。おれのほうを見ずにやつはいう。

「昼はタケルとおれで、おふくろについている。夜は交代で、そこに簡易ベッドをおいて寝てるんだ。びっくりするくらい寝心地が悪いんだぞ。まあ、ほとんど寝ないから、別にいいんだけどさ」

折りたたみベッドが片づけてあった。薄い貸し布団とタオルケット。その場にずっといると泣きそうな気がしたので、おれはわざとらしく腕時計を見ていった。

「うちのおふくろ、今日は下谷《したや》のお祭りにいくんだ。おれ、店番があるから、帰るわ。タカシ、ちゃんとカツサンドくえよ。高かったんだからな」

タカシは晴ればれと笑った。

「わかってる。ありがとな、マコト」

それからやつは信じられないことをした。おれに右手をさしだしたのだ。出会ってからもう何年にもなるけれど、初めての握手だった。おれは冷たい手をにぎり、病室を離れた。そのとき、わかった。タカシはカツサンドなどくわないだろう。明日か明後日になると、封を開けていない紙箱を捨てていうのだ。すまないな、マコト。

池袋駅にむかう帰り道、おれは一歩を踏みだすごとに心のなかでいっていた。

死ぬな、死ぬな、誰も、死ぬな。

副都心をいくマーチの歌詞としては、不適切だよな。


タカシのおふくろさんは、文字どおり死力をつくしてがんばった。

医者に危篤を宣告されてから、まるまる一週間以上もがんばったのだ。まだ四十代と若く、病気のところ以外は身体に力があったのかもしれない。おれはその後も二度見舞いにいったけれど、タケルとタカシの兄弟はどんどんやつれていった。ライト級だったタケルは三階級もしたのスーパーバンタムに見えるくらい。タケルはおれの顔を見ると笑っていった。

「つぎに身体をしぼるときは、病院に泊まりこむよ。おもしろいように体重落ちるからな」

おれは困った顔でうなずくのが精いっぱいだった。命がかかったジョークは笑えない。


華英さんが闘っているあいだ、街でもおおきな変化があった。

そのニュースをしらせてくれたのは、バスケ部の森村さんんだ。森村さんは身長が百八十六センチと高く、細マッチョの体型。ニュースターズからの応援要請を受けて、武闘派の何人かと新宿に派遣されていた。新宿対埼玉の抗争の助っ人だ。

「池袋は静かなものだが、むこうは嵐だぞ」

JRの駅でみっつかよっつしか離れていないのに、新宿では毎日のように出入りがあるという。Gボーイズの集会には主だった幹部とヒマなガキが集合していた。場所は東池袋中央公園。ミヤさんがいった。

「おまえ、板倉兄と手あわせしたんだよな。やつはどうだった」

森村さんは芝のうえに座り、首筋を押さえていう。

「ケイジがキックボクサーだときいていたから、おれも注意はしていた。やつはとんでもない遠い間あいからキックをくりだしてきた。動きはちゃんと見えていた。右のミドルだ。おれはひじをたたんで、脇腹をガードした。でも、つぎの瞬間には地面に倒れていたんだ」

ミヤさんがあせっていった。

「どういうことだ？」

「おれにも最初はわからなかった。だが、やつのキックを見ていた新宿のやつが教えてくれた。ケイジの蹴りは着弾の寸前で軌道が変わったそうだ。ミドルから、ハイへ。はずかしい話だが、おれはそいつをもろにくらって、一発でノックアウトされた。あいつは本気で強い」

ミヤさんが腕を組んだ。

「……軌道を変えるキックか。うちのボスに伝えとかないといけないな」

敵の大将の情報があれば、どうにかできるのだろうか。タケルの右足はまだ本調子じゃない。おふくろさんへのつきそいで、体重もがくんと落ちている。今は闘える状態ではないはずだった。森村さんは残念そうにいう。

「どっちにしても、新宿が落ちるのはもうすぐだろうな。わがもの顔で、黄色いやつらが歩いてるよ。地元のガキはみなこそこそ逃げ隠れしている」

何人かのため息がそろった。誰かが小声でつぶやいた。

「うちのボスが元気だったらなあ」

おれの不安は高まった。絶好調のタケルなら、板倉兄に勝てる。そんな保証はあるのだろうか。


Gボーイズの集会から数日後、埼玉ライノーズが新宿を制覇したというニュースが、東京中のガキのあいだを駆けめぐった。衝撃だ。新宿は池袋、渋谷とならんで都内最強のチームと噂されていたからだ。構成員の数では、最大だ。それが埼玉のやつらにかんたんに落とされてしまう。

池袋でもガキが何人か集まれば、必ずライノーズの話になった。板倉兄弟は鬼のように強いらしい。新宿ではもう何人も行方不明者がでている。東京と埼玉の境の秩父《ちちぶ》の山奥に埋められているらしい。

最後にやつらが口にするのは、つぎは池袋だという決め台詞だった。

板倉兄弟もそう約束している。やつらは約束は必ず守るだろう。一カ月という期限まではあと数日しかなかった。

夏休みの最後の何日かって、特別な雰囲気があるよな。

退屈ではあるが夢のような日々がもう終わってしまう。来週からは毎日しんどい学校がまた始まる。クラスメートの男どもはどうしてるのかな。おれのクラスは機械科なので、百パーセント男子なのだ。

その年は九月一日が土曜日で、始業式は三日だった。首の皮一枚夏休みにつながった週末の夜。いつものように池袋の街は煮え立っていた。とにかく家に帰りたくないそんな若いやつらがクラゲのように大量発生している。

タカシからの電話があったのは、夜十時くらい。おれはもう覚悟していたので、着信と同時に歯をくいしばる。

「マコトか。おふくろさんに伝えてくれ。すべて終わったって」

酔っ払いが西一番街をとおりすぎていく。つぎののみ屋が心配で、うちの店のことなど目にもはいらないのだろう。

「そうか。親戚の人はきてるか」

「いや、そういうのはいない」

タカシのおやじさんが昔家族のあいだでもめごとを起こしたようで、安藤家は親戚とは疎遠《そえん》だった。

「わかった。うちのおふくろをすぐそっちにいかせる。あとから、おれも顔をだすよ」

「すまないな……」

タカシは口にしようかどうか迷っているみたいだった。

「……ほんとに長かった」

一週間以上、一日おきにほぼ徹夜でおふくろさんにつきそったのだ。おれでさえ気が遠くなるほど長かった。当事者のタカシはどれくらいの長さだっただろうか。

「お疲れ、よくがんばったな、タカシ」

「それ以上やさしいことというと、なぐるぞ、マコト。おれ、決壊寸前だから。じゃあな」

「ああ」

おふくろに伝えた。伝言ゲームのように最小限の言葉で。華英さんが亡くなった。おふくろは十分を切る早さで、店をでた。通りのむこうにわたり、タクシーをとめる。おれは閉まるドアに叫んだ。

「ふたりを頼む」

暗い後部座席でおふくろがうなずいたのだけはわかった。顔の表情はわからなかった。


おおいそぎで店を閉めたが、戸締りまでチェックするのに、二十五分はかかってしまった。おれにはタクシー代はないので、要町まで歩く。夜の通りに浮遊するクラゲを避けながら、速足で歩く歩く。十五分ばかり余計にかかっても、華英さんはもう文句はいわないだろう。時間は永遠にある。

いつもの都立病院の夜間受付は、年寄りのガードマンだった。安藤華英という名をだすと、書類をめくっていう。

「その名前が見あたらないんだが」

「さっき亡くなったんです」

「すまない。それなら、霊安室だ。エレベーターで地下二階にいってください」

おれは黙って会釈を返した。霊安室という言葉が重すぎる。一瞬逃げだしたくなった。エレベーターを待つあいだ、何度も深呼吸を繰り返した。

湿った待合室だった。ソファセットがふた組すこし離れておいてある。黒いスーツの男が、タケルとうちのおふくろの正面に座り、なにか説明していた。もうひとつのソファではタカシが空中を見つめている。

近くにいくとわかった。タケルのまえには灰色の背のカタログがある。葬儀屋は公式の悲しみの雰囲気を身にまとっていた。おれはタカシのとなりに座った。タカシの視界にはいりたくなかったのだ。ソファの生地はざらりとしたコットンで、色は限りなくクロに近いチャコールグレイ。

「お疲れさん」

タカシはおれを見ずにいう。

「おふくろ、昔みたいにきれいになってる。顔を見てやってくれ。そこの右側の扉だ」

おれはぎくしゃくとした動きで立ちあがり、第一霊安室と書かれた扉のまえに立った。両手をあわせてから、とっ手を引く。重い扉を開くと、線香の匂いにぶつかった。

霊安室は縦長の三畳ほどの部屋で、右手におかれたストレッチャーのうえに華英さんが横たわっていた。顔には白い布がかかっていない。タカシのおふくろさんの顔には苦痛の表情はなかった。なんの心配もなく安らかに眠っているようだ。そんなふうに思いたがるのは、生きてる人間の勝手かもしれない。

おれは線香立てから一本抜いて、おいてあった百円ライターで火をつけた。なにかいわなければいけない気がして、目を閉じてぶつぶつと口のなかで言葉を転がす。

「ゆっくり休んでください。華英さんに頼まれたようにタカシのことは、これからずっと見ていきますから」

最後にもう一度華英さんの顔を見る。死んでしまった人間は、生きている人間よりきれいだ。

霊安室をでて、タカシのいるソファにもどった。ミヤさんをはじめGボーイズ幹部の何人か、それに中年の女性が何人か、すこし離れたエレベーターホールで集まっている。華英さんの友達だろうか。

となりのソファでは、葬儀屋の営業マンが葬式の必需品について説明していた。棺桶、骨壺、祭壇、そこに飾る花、遺影のおおきさ。すべてに並、上、特上の三ランクがあるようだった。おれはタカシの家には金がないことをしっている。うちと同じだ。だが、タケルは営業マンにきかれると、普通にあたる上ランクを選び続けた。上上上。そいつは普通普通普通という意味だが、貧乏人に張れる最後の意地だった。タケルは費用の計算などしていなかった。

となりのソファで、兄があたりまえのように葬式のランクを選んでいるのが、タカシには気にいらなかったようだ。めずらしいことにやつの右足が貧乏ゆすりをしている。それも超高速の。おれはタケルもタカシも同じ悲しみを分けあっていると思った。ただタケルのほうがすこしだけ大人で、タカシのほうがすこしだけ繊細なのだ。

葬儀屋の打ちあわせがすみ、弔問客《ちょうもん》のあいさつがひととおり終わったころには、真夜中をすぎていた。残ったのは、おふくろとおれ、安藤の兄と弟。おふくろがタケルの肩に手をおいて、やさしく声をかけた。

「もうできることはないんだよ。明日からまたいそがしくなる。亡くなった人は、生きてる人間をこきつかうものだからね。今日は帰って、休みなさい」

タカシは兄のほうを見ずに、ぽつりと漏らした。

「おふくろのいない家には帰りたくない」

おれははっとした。タカシは今夜、タケルとふたりきりになりたくないのだと思った。機転をきかせたつもりで、おれはいった。

「久しぶりに、おれの部屋泊まるか。いいよな、おふくろ」

おふくろはタケルの顔を見た。

「いいわよね、タケルくん。明日の昼まえには返すから。朝ごはんもちゃんとたべさせておくよ」

タケルはやけにすっきりとした顔でうなずいた。

「おれはもうちょっとここに残って、なにか腹にいれてから、うちに帰る。明日は葬式の打ちあわせ、手伝ってくれよ。お疲れ、タカシ」

おれの人生最大の後悔はあのときだ。あのとき、タケルを無理やりうちに誘っていれば、あんなことにはならなかったんじゃないか。おれとおふくろは何度もその話をした。タカシにはそんなことひと言もいわなかったけどな。

「わかった。うちをよろしく」

タカシはそういうと目をそらした。おふくろとタカシとおれは地下からエレベーターでうえにあがった。生者の世界に帰ってきた気がした。おふくろがタクシーをおごってくれたので、十分後にはうちの店に帰っていた。

なんだか全部が夢のようだった。

タカシはほとんど口にしなかったが、おふくろが夜食にお茶漬けをつくってくれた。タイの刺身のゴマダレ漬けをあたたかなごはんのうえにのせ、塩を振ったお茶をかけてたべるのだ。誰かが亡くなったあとのお茶漬けは変にうまくて、さらさらとかきこむ音が妙に淋しい。

おれの四畳半に布団をふたつならべて敷いた。シャワーをすませたタカシにはおれのTシャツと短パンを貸してやる。なにもいわずに寝ようとしたときだった。タカシの携帯が鳴った。時刻は深夜一時半。

「ああ、おれだけど」

タケルの声であるのはわかった。あれこれとなにかいっている。タカシはわかった、わかったと繰り返すだけ。おれはひとりっ子だからわからないけど、弟にとって兄は永遠にうざい存在なのかもしれない。

しばらくして、タカシがおれに携帯をむけた。

「タケルが替わってくれって」

受けとり耳にあてる。人の携帯って、なんか違和感あるよな。

「今日はありがとな。マコト、タカシのことをよろしく頼む。あいつは自分の感情を表現するのが苦手だ。人から誤解されることも多いだろう。そんなときは、おまえがパイプ役になってくれ。おれの自慢の弟だ。いつまでも、よろしく頼むぞ」

「タケルさんは池袋のボスなんだろ、やめてくれよ。頼まれなくてもダメ弟の面倒は、おれがしっかり見るさ。華英さんにも同じこと、頼まれてんだ。よほどおれがしっかり者に見えるんだな」

タカシが枕を投げてきて、おれは携帯を落しそうになった。

「ああ、わかった。おまえたちはいいコンビだ。タカシをよろしく。また明日な」

「うん、タケルさんも気をつけて。また明日」

笑い声とともに通話が切れる。

というわけで最後に池袋のボスと話したのは、このおれなのだ。あのときほかになにか伝える言葉はなかったか。なにか魔法の呪文のひとつで、タケルを救えなかったか。おれは馬鹿だから、今もたまにそう思うことがある。

時刻は朝六時だった。

エアコンはいれたままだが、射しこむ朝日でおれの部屋は寝苦しい。タカシの携帯が鳴ったとき、おれは半分起きていた。タカシはさすがに反射が速く、呼び出し音ひとつ半で眠りから覚めて、携帯を開いていた。

「はい」

タカシはバネ仕かけの人形のように跳ね起きた。

「わかりました。すぐにいきます」

そうこたえたときには、顔面は漂白した紙のように蒼白《そうはく》。いったいなにがあったんだ。おれがのろのろ起きだしたときには、やつはジーンズに足をとおしていた。

「マコト、タケルが死んだ」

まるで意味がわからない。さっき電話で話したばかりなのだ。弟を頼む。ちょっと笑みをふくんだ真剣な声の響きまで耳に残っている。

「冗談いうな」

タカシはおれをみずに頭からTシャツをかぶっている。

「池袋署からの電話だ。要町の病院に遺体がある。これから司法解剖にまわすから、顔を見たいならすぐにこいだって」

おれの全身の毛が逆立《さかだ》った。タケルは、池袋のボスは、ほんとうに死んだのだ。

「Gボーイズの連絡網にのせてくれ。おれはすぐにいく。事情がわかれば、むこうから連絡する」

おふくろが居間との境のふすまを開けた。ミソ汁のいい香りが流れこむ。

「あら、早いね。もうすぐごはんたけるから、待ってて」

タカシは真っ白な顔で、おふくろにうなずくと、玄関に飛びでていった。一段飛ばしで階段をおりる音がきこえた。

「どうしたんだい、タカシくん」

おれは腹の底からしぼりだすようにいった。

「タケルさんが死んだって」

事故なのか事件なのか、わからなかった。だが事件ならニュースでやっているはずだ。おれは自分の携帯を開きながら、テレビのリモコンをつかった。

公共放送の朝のニュースでは、東池袋の殺人事件が放送されていた。ひと目でわかった。高架線したの空地だ。鑑識《かんしき》がコンクリートの地面にカードをおき、写真を撮っている。テロップがあらわれた。被害者の名は安藤猛（20）。安藤さんはなにものかに背中を刺され失血死したものと思われます。日曜早朝のニュースをGボーイズの何人がみているだろうか。おれは迷わずミヤさんの番号を選んだ。

まだ眠そうなミヤさんに事実だけを告げ、ニュースをみてくれるようにいう。なにをしたらいいのか、まるでわからない。しかたがないので、おふくろの朝めしをくった。アジの干物、焼きナスと油揚げのみそ汁、半熟の目玉焼きに、マグロ納豆、手づくりのポテトサラダ。タカシが泊まっていたせいで、いつもより豪華版。おれは全部平らげたが、味はなにひとつわからなかった。ロボットのように顔を洗い、着替えた。

そして、ただひたすらタカシからの電話を待った。

その日の午後、おれは池袋署にむかった。

タカシは都立病院でタケルの遺体を確認した。二日連続で霊安室にいったのだ。第一と第二、おれは今度はどっちのほうかきかなかった。タカシはそのまま池袋署に連れていかれた。初動捜査が大切なのだ。本庁の捜査一課はタケルの情報ができる限りほしかったのだろう。

おふくろにわたされたおむすびをもって、おれが池袋署についたのは午後二時すぎ。タカシの友人だというと、取調室の番号とフロアを教えてくれた。エレベーターでうえにあがり、部屋を探していると目つきのやわらかな刑事が近づいてきた。テレビの刑事ものとは全然違う。微笑《ほほえ》んでいるような目なのだが、表情はまったく読めない。ひどくやさしい声でいう。

「きみが真島誠くんだね。昨日の夜、安藤崇くんがきみの家に泊まったというのは、ほんとうかな」

気がつくと手帳とボールペンをとりだしている。

「はい、うちのおふくろといっしょです。タカシのおふくろさんが昨日の夜、亡くなったばかりだったので」

「おうちの電話番号を教えてもらっていいかな」

黒い手帳におれんちの番号が残るのは嫌だったが、しかたなく十桁の数字をいった。

「タカシはだいじょうぶですか。あいつはおふくろさんと兄貴を、いっぺんに亡くしたんです」

刑事がうなずいた。白い半袖の開襟《かいきん》シャツには、タカシと同じようなアイロンの跡。こいつも自分でかけるのだろうか。

「ああ、異常なくらい落ち着いているよ。猛くんの事件については、心あたりはまったくないそうだ」

おれは顔の表情を変えないようにした。タカシは埼玉ライノーズとの抗争については、なにも話していないらしい。一カ月以内という池袋の制覇宣言も。タカシはなにかを考えている。

「真島くんはどうかな？」

「タケルさんは誰かに恨みを買うような人じゃないです。いまだに信じらんない。なぜ、あの人が殺されなくちゃならなかったのか」

百パーセント本気だった。おれの目に涙がにじむくらい。

「わかりました。つきあたりの右の部屋だ。いってあげなさい」

おれは軽く頭をさげて、六番取調室にむかった。


濃い灰色と明るい灰色に腰のあたりで塗り分けられた狭い部屋だった。安ものの机とパイプ椅子が二脚、中央においてある。壁際にはもうひとつの小ぶりな机。タカシは口を結び、背をまっすぐに伸ばして、机にむかっていた。おれの顔を見ると、目のなかで逃げ水のような青い影が動いた。

「よくきてくれた」

昨日までのタカシと印象が違う。分厚い氷のむこうにやつがいて、ひとり静かに怒ったり、なにか計画を立てているような雰囲気。

「これ、おふくろからのさしいれだ。あとお茶、ほうじ茶でいいよな」

ペットボトルとアルミホイルに包んだおむすびを、デスクにおいた。

「タカシ、朝からなにもたべてないだろ」

「忘れてた」

タカシがみっつのおむすびとお茶を片づけるあいだに、おれは小声できいた。

「ここ、盗聴器とか仕かけてないよな」

「わからないが、だいじょうぶだと思う。おれは容疑者として、引っ張られたわけじゃない。ニュースでよくいうだろ、日頃の交友関係を調べられているだけだ」

それでも声は必然的にちいさくなる。

「タカシはなぜ、Gボーイズや埼玉のことを隠してるんだ」

「それはサツではなく、おれたちの問題だ」

目の光はまったく揺れない。そのとき、おれはわかった。タカシは自分の手で、この件に片をつけようとしている。

「そうか」

「いっぺんにふたり分、葬式をだすとは思わなかった。なかなかこたえるな」

悲しみや怒りをとおりすぎると、人間は透明になるのだ。タカシを見て、そう思った。そいつが生身の人間にとって、いいことかわるいことかはわからない。だが、そのときのタカシはひどく冷静で、ひどく高性能に見えた。

廊下の奥でざわざわと人の動く気配があった。

また別な事件だろうか。おれたちはドアを半分開いて、取調室の廊下に顔をだした。刑事にかこまれてやってきたのは、おれたちと同じ年くらいの小柄なガキ。顔になぐられた跡のあざがある。左目のまわり。ガキはおびえていたが、タカシやおれと目があっても、表情を変えなかった。両手は手錠でつながれ、腰には縄つき。いったい誰なんだろう。

おれがやつの顔を見て、最初に思いだしたのは、最近見て気になったガキふたりだった。おれおれ詐欺のプレイヤー、フジモトとボクシング部のKOキッド、オム。どっちも仲間内ではいじられ役で、情けない顔をしている。存在が軽くて、誰からも軽くあつかわれるというのかな。

「そこ、なかにはいっていなさい。見るんじゃない」

さっきの刑事がおれたちに怒鳴《どな》った。なにかタケルの事件に関係があるのだろうか。

おれとタカシは六番取調室にもどった。そのまま四十分間、誰も顔をださずに放置されてしまう。警察って、事件関係者にはぜんぜんやさしくないのな。


あの刑事ともうひとり若い刑事がやってきた。さっきの緊張感がなくなっている。

「事件がはじけた」

はじけた？　解決したということか。

「この写真の少年に見覚えは？」

さっきのガキのプリントアウトだった。刑事ふたりが、おれたちの様子に集中しているのがわかった。おれはいった。

「いや、見たことないけど」

タカシは静かに質問した。

「そいつの名は？　どこのやつですか」

刑事はやわらかな目をしたまま、気の毒そうにいった。

「これは少年犯罪なんでな、たとえ被害者家族でも、そういうことにこたえることはできないんだ。すまないな、安藤くん」

あのガキの顔も、名も、出身地も、少年法によって守られる。タケルは名前も、顔もテレビニュースで報道され、やつが流した路上の血液の跡さえ暴かれている。おれはひと言皮肉をいうのが精いっぱいだった。

「被害者って損なんですね」

はらわたが煮えくり返る。タカシは涼しい顔で、分厚い氷のなかに怒りを押さえこんでいた。こいつにおれの言葉は届くのだろうか。昨日までとは別人のようなタカシが、おれはすこし怖かった。

夕方になって、おれたちは帰っていいといわれた。タカシは証言をまとめた書類に、サインをしている。信じられないことに明日からは学校だった。始業式だ。

おれたちが池袋署をでると、正面玄関にテレビ全局のレポーターとビデオカメラがそろっていた。その時点で、事件の決着について日本で一番しらなかったのは、おれとタカシだったのは間違いない。ニュースを見ていないのだ。

出迎えはミヤさん、森村さん、Ｇボーイズのヘッドが数人。悲痛な表情のメンバーにタカシは翌々日の葬式兼告別式の会場を伝えると、ふらふらと去っていく。ひとりになりたいといっていた。ひとりになって、すべてをもう一度考えたい。そういっていた気がするけれど、おれもよく覚えていないんだ。

もうおれの記憶容量はパンク寸前だった。

豊島区営の街の公民館が、安藤華英と安藤猛の葬式の会場だった。よく晴れた九月の朝だった。どこか涼しいガラスの粉のような光が風に舞っている。外にはたくさんのマスコミ関係者。おれはニュースを見て、ようやく東池袋殺人事件のあらましがわかっていた。

安藤猛（20）は病院から自宅に帰る途中で、容疑者Aと肩がふれ、口論になった。Aは先に手をだされ、怖くなって被害者をもっていたナイフで刺した。地元に逃げたが、ニュースを見て驚き友人に相談し、血液と指紋のついたナイフをもって池袋署に自首してきた。DNA鑑定でナイフについていた血がタケルの血液と一致し、この事件は決着した。公式にはそういうことだ。だが、池袋のストリートでは誰もそんなでたらめを信じていなかった。

　あんなガキにボスがやられるはずがない。だいたい母親を亡くした夜に、誰かと肩がふれたくらいでタケルがボクサーのパンチを振るうだろうか。あのガキは自首を強制されたに決まっている。きっと埼玉の地元で生まれ育ち、ずっといじられキャラで生きてきたのだろう。一生を地元で生きていくのだ。妹や弟といった肉親を盾にとられ、おどされたのかもしれない。あの小柄なガキがいつもナイフをもって歩いていたとは、とうてい思えない。第一、タケルの右の太ももは腫れてパンパンにふくれていた。あのガキAがキックボクシングの名選手とはとても思えなかった。

　葬式にはおふくろさんの友人と親戚が少々、それに数百人のGボーイズとガールズが参列した。霊柩車に棺桶をのせるとき、華英さんの遺影はタカシがもち、タケルさんの遺影はミヤさんがもった。タカシの喪服は細身で、ネクタイは紙テープくらいの狭さ。なかなか似あっている。喪主のあいさつはかんたんなものだった。

「亡くなった母・安藤華英と兄・安藤猛に生前よくしてくれて、みなさん、どうもありがとうございました。ふたりは安らかに眠っています。おれはこの無念を忘れません。亡くなった人は天国でゆっくりと休んでもらい、生きている人間は自分の仕事をきちんとやらなければいけません」

タカシはそこで遺影をもったまま、頭をさげた。

「力を貸してください。よろしくお願いします」

おれはタカシとミヤさんとマイクロバスにのった。火葬場は巣鴨にある。池袋のボスを骨まで焼くのに、ほんの二十分。


ボイラーの扉が閉じられると、二階にある畳敷きの広間にとおされた。表面が乾いた鮨と、ぬるいビールやジュースが座卓にならんでいる。おれはしかたなくカンピョウ巻だけつまんだ。

ミヤさんがやってきて、耳打ちする。

「ちょっと顔貸してくれ。タカシがGボーイズに集合をかけた。おまえにもきてほしいそうだ」

ブラックスーツのGボーイズのヘッド連中が広間をでていった。

おれも目立たないように、あとに続いた。

黒服のギャングが集まったのは、火葬場の裏庭。湿った芝が生えた日あたりのわるい場所だった。タカシの両どなりにはミヤさんと森村さん。ヘッドは全部で七人いた。渋谷のヘッドもひとり顔をのぞかせている。タカシは静かだが、よくとおる声でいった。

「今日はみんな、タケルの葬式にきてくれて、ありがとう。おれからお願いがひとつある。しばらくのあいだでいい。おれをGボーイズの頭にしてくれないか。どうしてもやらなきゃならないことがある。それがすめば、すぐにヘッドをおりてもいい」

武闘派の破運捨《バウンズ》のヘッド・五十嵐が低い声でいった。

「おまえの兄貴のことは気の毒だった。だが、Gボーイズには三百人を超えるメンバーがいる。おまえはまだはいったばかりだし、どんな人間なのかもわからない。それになにより腕があるかどうかが問題だ。力がないやつには、池袋は束ねられないからな」

五十嵐は黒い上着を脱いだ。白いシャツは半袖で、両腕にはトライバル模様のタトゥがびっしり。南洋の部族のようだ。

「おまえにほんとの力があるかどうか、試させてもらう。いくぞ」

五十嵐はすり足で近づいていった。左手をまえにだし、半身のかまえ。空手か日本拳法だろう。タカシは上着を脱がなかった。するするとまえにでて、両手をあげると同時に左ジャブを放った。まったく力のはいっていないジャブが、きれいに鼻先に二発あたった。スピードの桁が違うのだ。

タカシはそれからいつかのコンビネーションを見せた。タケルに教わったやつ。左サイドステップから、上下二段の左フック。五十嵐は攻撃も防御も、タカシの速さにおいつけない。ようやく正拳《せいけん》突きを繰りだしたときには、タカシは右にステップを踏んでいた。がくがくと腰が落ちた五十嵐に、オーバーハンドの右を打ちこもうとする。

「そこまでだ、タカシ」

ミヤさんが叫んだ。タカシのこぶしは五十嵐のこめかみまでの半分の距離でとまると、同じ光速のスピードで引きもどされた。あの日のサンドバッグ打ちより、力感はなくなり、スピードは倍増されている。五十嵐はドスンと腰から芝に落ちた。

五十嵐は苦しげに笑った。

「兄貴も、おまえもすごいな。おれはおまえを新しいボスとして認める。おまえらもいいな」

Gボーイズのヘッド連中がうなずいた。五十嵐は座ったまま、タカシに手を伸ばした。

タカシは新しいGボーイズのボスとして、部下をたすけ起こした。

「警察の発表がでたらめなことは、ここにいる全員がしっている。おれたちの狙いは、おれおれ詐欺のリーダー・ハシヅメと、埼玉ライノーズの板倉兄弟だ。タケルの敵討《かたち》ちに、みなの力を貸してほしい」

タケルの右足を潰したハシヅメとタケルを殺した板倉の双子。おれもタカシと同じように、タケルの足が本調子なら、たとえ相手がふたりでも、タケルが遅れをとったとは思わない。一番遠くにあるものが大切なのだ。タケルの死の原因はハシヅメにもある。

誰かが叫んだ。

「そうこなくちゃ。Gボーイズはやられたままじゃすまないぜ」

そうだ、そうだ。獣のような声が続く。

「作戦はおれとそこにいるマコトで立てる。おまえたちは実行部隊として、動いてくれ」

ヘッドの何人かが、どこのガキだって顔をして、おれをにらんだ。

「マコトはおれの友人で、えらくずる賢い男だ。別におまえたちが信用することはない。だが力は確かだ」

足の裏をくすぐられた感じ。ほんとうだろうか。

「それから、ここにいる森村と田宮を、おれの副官に命じる。よろしく頼む」

高校の先輩をふたり、呼び捨てにして副官に任じた。タカシにはもう王の威厳《いげん》がそなわっている。おれたちはそこで解散し、ばらばらに火葬場の二階にもどった。


その日の夕方、タカシとおれと副官ふたりで、ミーティングを開いた。タカシは時間をかけるつもりはないようだった。華英さんとタケルの喪が明けるまえに、片をつけるという。まずは悪のバイトリーダー・ハシヅメだ。

おれたちは小ぶりの祭壇につぎつぎと線香をたきながら話し続けた。タカシの家は大塚との境、東池袋五丁目にある公団住宅の２ＤＫだ。ダイニングキッチンは六畳強。骨壺ふたつと四人のガキでもう満杯だ。おれはいった。

「とにかくハシヅメのところが楽なのは、やつが絶対に警察を呼べないところだ。おれおれのアジトから110番はできないからな」

ミヤさんがおれが描いたマンションの間どり図を見ながらいった。

「区役所裏のマンションか。なかには何人くらいいたんだ？」

おれはプレイヤーの顔を思いだした。日焼けサロンとバイク便。

「十人とすこし。ハシヅメ以外は、みなリビングに集合している。そのうち半分が武闘派だが、残りはケンカなんて絶対にしそうにないタイプ」

「ふーん、そうか。じゃあ、うちの突撃隊は十人くらいでいいな」

タカシはちいさくうなずいていう。

「十分だ。おれとマコトもいくからな」

「えっ、おれもか」

タカシはあたりまえのようにいった。

「室内の様子がわかるのは、おれとおまえだけだ。それにおれがハシヅメにどう決着をつけるのか、見たくはないか」

それはもちろん猛烈《もうれつ》に見たい。タケルの右足を壊したやつだ。

「わかった。おれの分のマスクも用意しておいてくれ」

胸が躍るとは、こういうことだ。やられたままでいるやつは、ストリートでは生き残れないし、尊敬もされない。


翌日はまたも猛暑日。

おれたちはあのカフェで朝から、おれおれ詐欺会社の人の出入りを見はった。ハシヅメも日焼けサロンもバイク便も、その他大勢もちゃんと時間どおりに出勤している。午前十一時半、おれたちはマンションまえに集合した。みな、白っぽいつなぎを着ている。

タカシが白く粉を吹いた氷のような声で、号令をかけた。

「打ちあわせどおりにいくぞ。散れ」

マスクをつけたGボーイズの突撃隊が、胸ほどの高さの非常階段の扉をつぎつぎと超えていく。オートロックなどまるで役には立たなかった。オムはひとりマスクをつけずに顔をさらしていた。宅配便の帽子と上着を着て、段ボールをもっている。タカシは肩に手をおいていう。

「おまえの演技に期待してるぞ。とにかくドアを開けさせろ。そこまでで仕事は終わりだ。すぐにその場を離れていい」

オムは汚名返上でがんばるつもりなのだろう。強い返事がもどってくる。

「はい、ボス」

やつも三角形のおむすび顔でフェンスを超えていく。おれは三次元立体型のマスクをかけた。顔のした半分は完全にわからなくなる。タカシは顔をさらしたままだ。

「なんだかボスと呼ばれるのは落ち着かないな。マコト、おれたちもいこう」


Gボーイズの精鋭《せいえい》は四階の非常階段とエレベーターホールに身を潜めた。オムがおれたちのほうを確認してから、アジトのインターホンを押す。

「すみません、406号室のお客さま、宅配便が届いています。居住者のかたがいたので、オートロックは抜けてきちゃいました」

オムは伝票を確認する振りをした。

「えーっとマンション名と住所はあってます。406号室も間違いないですよね。あの冷蔵の食品なんで、とりあえずブツをみてもらえませんか。高級ステーキ肉と書いてあるんですけど」

おれの立てた作戦だった。確かにいきなり覚えのない宅配便がきたら驚くだろう。だが、むこうはこのアジトがばれていないことと、十人以上もいるマンパワーに自信をもっているはずだ。迷いこんだ宅配便の男ひとりくらいなんとでもなると思うだろう。

「しかたねえなあ。ちょっと待ってろ」

ドアロックがはずれる音が、踊り場にいたおれにもはっきりときこえた。ドアが十センチほど開いたところで、Gボーイズがふたりがかりでこじ開ける。あとは濁流が排水溝にのまれるように十名の突撃隊がなだれこんだ。

おれとタカシは最後だ。土足のままあがり、奥のリビングにむかう。おれは室内をさっと確認した。ホワイトボードの位置が変わっている。あとはそのまま。黒シャツの日焼けサロンが床に縫いとめられ、手足を結束バンドで縛られていた。タカシは低い声でいった。

「静かにしろ、暴れなければ危害は加えない」

そのとき脇の部屋の扉が開いた。ハシヅメだ。

「どうした？　ちょっとやかましいぞ、おまえら……」

白いつなぎで三次元マスクをつけた、十人を超えるガキに気づき、全身フリーズした。ドアを閉め、すぐにもどってくる。手には短いステンレスパイプ。護身用なのだろう。

「おまえら、ここがどういうとこかわかってるのか」

ハシヅメがすごんだ。タカシがいった。

「おれおれの会社だろ、ハシヅメ」

悪のバイトリーダーの顔色が変わる。

「おまえ……アイス……安藤崇」

タカシはもう無駄な言葉はつかわなかった。Gボーイズがあけた道をとおって、まっすぐにハシヅメにむかう。ハシヅメはめちゃくちゃに鉄パイプを振りまわしたが、風を切るパイプの先端よりも、タカシのほうが数段動きが速かった。フェイントをかけてからの左右のボディ打ち。これもタケルが実演したものだった。地獄の苦しみだという腹攻め。タカシは最後に内臓が吹き飛びそうなほど強烈なキドニーブローを、ハシヅメの背中に突き刺した。悪のバイトリーダーは四つんばいになって、ばしゃばしゃと胃液を吐いている。タカシは足をあげ、やつの頭をふみつけると、顔を吐《と》しゃ物に押しつけた。

苦しげに吐きながら、ハシヅメがいった。

「おまえ、安藤……おれにこんなことをして……ただですむと思うなよ……」

「ふん、どうかな」

新しいボスはハシヅメの首に手を伸ばし、銀のチェーンを引きちぎった。金庫の鍵もついている。タカシは足に力をいれた。ハシヅメがちいさく悲鳴をあげ、床がきしむ音がした。それともやつの頭蓋骨がきしんだ音か。

「おれが顔をさらしている意味を考えろ。いいか、おれはGボーイズの新しいトップになった。おれの首がほしければ、この街のガキすべてを倒すつもりでこい。そうでないなら、この街に二度と顔をだすな。おれおれも禁止だ。もし、おまえがこの約束を守れないなら、つぎは必ず殺すぞ」

夏は暑い、空は青い。あたりまえのことを指摘しただけという調子だった。ひっと声をあげたのは、バイク便のデブ。タカシはいった。

「こいつを見張っておけ。タケルの右足を壊したやつだ。おまえたち、好きなようにしていいぞ。殺さない程度にしておけよ」

ハシヅメの表情が変わった。純粋な恐怖。タカシはおれを見て、首を振る。

「きてくれ。やつのあがりをいただく」

ハシヅメのくぐもった悲鳴がきこえたが、おれもタカシもそんなものは無視した。金庫の鍵をつかう。番号錠が残っていた。タカシは笑った。

「おれ、あのときしっかり数字を見てたんだ」

三回数字をあわせて、大型の耐火金庫の扉を開ける。扉はほんとに厚みが十五センチもあるんだな。なかには前回よりすこし多いくらいの札束。おれはパタゴニアのデイパックを開いた。鮮やかな黄緑のやつ。タカシが投げる札束を詰めこんでいく。全部で三十近く。それでもデイパックは三分の二ほどしか埋まらない。

「これ、どうするんだ」

「ふたり分の葬式代。おまえがほしければ、いくつかやるぞ」

おれは首を横に振った。

「いらない。残りはどうすんだ」

「Gボーイズの活動資金にする。この街のガキがよりよく生きていくためにつかわせてもらう」

民の福祉を考える池袋の王さまだった。おれはデイパックを閉めながらいった。

「なあ、ボスはやめて、キングはどうだ。おまえが王さまになれば、この街もすこしはまともになるだろう」

タカシは目を細めた。

「……キング……キングか、悪くないな」

タカシはまんざらでもなさそうにそういいながら、ハシヅメの机の引きだしを開けた。ゴムバンドで束ねた銀行のキャッシュカードがでてくる。不正口座だ。

「ほら、こいつも」

おれに投げてよこす。おれはジーンズの尻ポケットに、二十枚ほどのキャッシュカードを押しこんだ。


おれたちが社長室にいたのは、ほんの三分ほど。

リビングにもどると、ハシヅメはぼろぞうきんのようになって、自分のはいたものにまみれていた。タカシはやつをちらりと見ただけで、声もかけなかった。リビングにいるおれおれのプレイヤーに冷然といい放つ。

「今日の午後、このアジトの場所と仕事の内容を池袋署に通報する。おまえたちはすぐにここを離れろ。二度とプレイヤーにはなるなよ。もしこの街で、同じ職についたのが判明したら、おまえたちもそこにいるハシヅメと同じようになる。おれが警告するのは一度だけだ。わかったか」

「……はい」

何人かのか細い声がもどってくる。タカシはGボーイズに命じた。

「各自、静かにここを離れろ。予定の場所で集合だ。ご苦労」

マンションのまえには今ごろ三台のヴァンがとまっているはずだ。もう最初のGボーイズが玄関をでていく音がきこえた。おれとタカシは最後に現場を離れた。税務上はあるはずのない幻の金をたっぷりと抱えてな。


タカシは祝勝会などやらなかった。

白いつなぎと三次元マスクは燃えるゴミの袋に押しこみ、新たな作戦会議にはいる。タカシの公団に呼ばれていたのは、埼玉大宮出身のGボーイズがふたり。タカシのまえでは正座を崩さなかった。おれの鼻は線香の匂いになれすぎて、ぜんぜんわからなくなっている。

埼玉のGボーイズの小柄なほうがいった。

「自首したガキの名前がわかりました。久江寿外夢《ひさえ》。ジュゲムって、きらきらネームですよね。やつは板倉兄弟と同じ町内の出身で、小学生のころからいつもいっしょに行動していたそうです。いつも板倉のとくに弟のほうにいいようにつかわれていて、頭があがらなかったって話です」

おれはヤクザの事件のもみ消しかたを考えていた。身代わりの犯人をさしだし、そいつの身内を守り、出所後は幹部を約束する。あいつは埼玉ライノーズで、どんなポジションを示されたのだろうか。あのなぐられた跡は、きっと板倉弟、セイジのほうがやったのだろう。氷の王さまがいった。

「そうか。地元では、どんな騒ぎだ」

「すごいですよ。マスコミもすごいけど、ライノーズの幹部が調子こいてます。大箱の店を借り切って、新宿と池袋を獲ったと大騒ぎです。もうすぐ東京が全部おれたちのものになるって」

腹がむかついてしかたなかったけれど、タカシは違っていた。おれのほうをむいていう。

「マコト、今の話を適当にふくらませて、短い手紙にできるか」

「ああ、まかせろ」

おれは現代国語だけは勉強しなくても、つねに最高点。作文も得意。

「すぐにかかってくれ。今から、そうだな一時間でまとめるように」

人づかいの荒い王さま。埼玉のGボーイズにいった。

「おまえたちはよくやってくれた。板倉兄弟の実家はわかるな」

ガキがうなずく。

「じゃあ、その手紙をやつの家のポストに今夜投げこんでおいてくれ」

「はい」

タカシはおれにいった。

「ここからは時間との勝負だ。ライノーズはタケルのいない池袋をなめてる。Gボーイズはみなタケルを殺されて、心底頭にきてる。両方が正面衝突したら、何人死人がでるかわからない。おれたちで板倉兄弟を切り捨てよう」

おれはタカシの顔を見た。

「おれたち？」

「ああ、おまえには悪いが、おれは板倉の件ではなるべくGボーイズを動かしたくない。もしかしたら、おれは双子のどっちかを殺すことになるかもしれない。組織に傷をつけたくないいんだ。立ち会いは、マコト、おまえに頼みたい。おまえは誰よりも口がうまいし、メンバーでなければGボーイズが目をつけられる可能性もさがるだろう」

おれはあきれてきいていた。タカシがメダルゲームの天才だったころがなつかしい。今じゃ、組織を守るためなら、平民の友人を切るくらい冷酷な王さまだ。だが、その役はおれ自身が手をあげてもいいくらい重要な仕事だった。

「わかった。一時間待ってろ、おれの最高傑作を書きあげるからな」

おれはタカシにレポート用紙を借りて、やつの学習机にむかった。やっぱりどうせ書くなら、読書感想文よりも板倉みたいなモンスターブラザースを脅迫する手紙のほうがたのしいよな。腕が鳴る。


夕方のワイドショーで、おれおれ詐欺のアジト摘発《てきはつ》がオンエアされていた。関西出身の高学歴お笑い芸人が両手で自分の肩を抱いていう。

「池袋は事件が続いてますね。怖いですね、あの街」

おれもやつに賛成。確かに怖いところはあるよな。でも、おれはここで生まれたから、ほかの街にいくつもりはないんだ。腐っても地元ってやつ。それにここには信頼できる仲間が少数だが、ちゃんといる。

おれがタカシに力を貸すように、ほかの何人かもおれに力を貸してくれるだろう。

格差社会の底辺を笑って生き抜くには、そいつは欠かせない力だ。


その日から、タカシはロードワークとボクシングの練習を再開した。

食欲はまったくないようだが、事務仕事のように正確に量を決めて、食事をとっていく。おれが書いた手紙には、返事はいらないと告げてある。なにが起きようがかまわないが、つぎの木曜の夜十二時、東池袋の高架線したに双子のふたりだけでこいと命令しておいた。そうでなければ、これと同じ手紙を池袋署の少年課に送ると。やつらは絶対にくいついてくるはずだった。なにしろ一番怖いのははじけた殺人事件を再捜査されることなのだ。

タカシの身体の切れは、タケルとトレーニングを積んでいたころにもどりつつあった。体重も五キロは増えたはずだ。それでもやせている第一印象は変わらないが。だがTシャツを着た姿を見れば、おれにもわかった。胸や肩には目立った筋肉のふくらみはない。

けれど、背中がすごいんだ。広背筋は鳥の翼のように左右に広がり、腰は締めあげたみたいに細くなっている。この身体から、どれだけ切れのあるパンチが打てるのだろうか。

タケルのミットを打っていた澄んだ高い音を思いだす。

おれにとって、夏の音といえば今でも、タカシの破壊的なミット打ちの音なんだ。


真夜中の零時十分まえ、首都高速五号池袋線の高架したには誰もいなかった。再塗装の工事中なのだろう。太い橋桁《はしげた》には鉄パイプで足場が組んである。おれとタカシは夜にまぎれるように、コンクリートの柱の陰に隠れていた。

「いよいよだな」

おれは自分が闘うのでもないのに、妙に興奮していた。タカシと板倉の双子の闘いは、天下分け目の決戦になるだろう。おれはただひとりの目撃者として、現場に立ち会うことになる。どんな神話が見られるか、たのしみでたまらなかった。もちろんタカシがやばくなれば、おれも参戦するつもりだった。ポケットのなかにはステンレスのメリケンサックがふたつ。

「マコト、ひとつあやまらなきゃならないことがある。いいか、ここにいるのはふたりだけだが、おれはおまえに黙って、もうひとつ手を打っておいた。もし、おれが負けそうになったら、ミヤさんの携帯を一度だけ鳴らしてくれ。おまえはなにもいわなくていい。そのあとはこの場を離れて、すぐ自分の家に帰ってくれ」

おれの心臓がばくばくとおかしなリズムを刻みだす。

「どういうことだ」

頭上をひゅんひゅんと風切り音を立てて、自動車がすぎていく。タカシは遠いサンシャインシティの輝く壁面を眺めていた。

「最初は正々堂々とやるつもりだ。だが、おれだって負けることがある。その場合の保険だ。卑怯でも、板倉兄弟をただで帰すわけにはいかない。池袋という街の名をきくのが嫌になるくらいの目にはあわせておかないとな」

保険か。王になると、ただの個人的な敗北ではすまないのだろう。おれは納得してうなずいた。

「わかった。ミヤさんに電話する。だけど、おれはもち場からは逃げないよ。おまえが人殺しになろうが、めためたにやられようが最後まで見届ける」

しっかりとうなずいて、タカシの目を見た。やつは夜風に負けないほど涼しく笑う。

「おまえ、今自分がカッコいいことといったと思っただろ。今の声、録《と》っておけばよかったな。おれが最後まで見届ける。なにさまのつもりだよ」

おれも笑いながら腹のなかで叫んだ。池袋の王さまなど、板倉の双子にずたぼろにやられてしまえ。

そのとき、長い影がななめにおれたちのまえに届いた。

「待たせたな。ふたりだけでくるなんて、むこうみずなアホだ」

板倉の兄のほうだった。弟と近づいてくる。おれは気づいた。兄のケイジがタケルのように足をひきずっていることに。左足が痛むようだ。やつは右利き。キックを放つときの軸足は左だった。タカシがうなるようにいった。

「ケイジ、おまえの左足はうちの兄貴のおき土産《みやげ》だな」

ケイジもセイジも迷彩柄の軍パンをはいていた。裾《すそ》をしばるリボンが風に揺れている。

弟のセイジが口を開いた。

「おまえの間抜けな兄貴は少年Aに刺されたんだろ。おれたちとは無関係だ」

がちゃがちゃの歯を見せて笑う。おれはセイジが得物をもっていないことに気づいた。やつはいったいなにをつかうのだろう。得意の得物はなんなのか。タカシはその場が凍りつきそうな声でこたえた。

「おれもそんなことはどっちでもいい。死んだ人間は生きてるやつのことなど気にしない。おまえらみたいに、どうしようもない下種《げす》でもな。おれはただおまえたちふたりを許せないだけだ」

　板倉兄がおれをにらんでいった。

「そいつは誰だ」

　タカシも歯を見せて笑った。

「うちの工業高校の同級生。おまえらには想像もつかないような力があるぞ。だが、今夜ここで闘うのは、おれひとりだけだ」

　ケイジとセイジの双子は同じように額にしわを浮かべた。なにをいっているのか意味不明という顔。兄がいう。

「どういうことだ。おまえ、ひとりでおれたちとやるのか」

　タカシはゆっくりとオープンフィンガーのグローブを両手にはめていく。タカシのやつではなかった。黒い革には青いステッチでＴＡＫＥＲＵ。

「もちろんだ。タケルがおまえたちふたりを相手にしたようにな。どうだ、足を怪我した兄貴をふたりがかりでなんとか倒した気分は？」

　タカシは高らかに笑っていた。

「それともあと五、六人ばかりいたのか？　ケイジ、おまえの左足、兄貴につま先を踏まれただろ。足首がまだ痛むよな」

ケイジが怒鳴った。

「うるせー！」

それがスタートの号砲《ごうほう》になった。タカシは飛ぶような速さで、キックボクサーの兄に迫る。後手をとられて、セイジは身動きがとれないようだった。さすがに兄のケイジは蹴り足を引き、迎撃《げいげき》のキックを放とうとする。だが、足を引くのも蹴りだすのも一拍ずつ遅かった。タカシの飛びこみの速力にはおよばない。タカシは足ではなく、腕の距離にはいると、そのまま力感のまるでない右ストレートを伸ばした。

あの音が鳴る。細いガラスの支柱でも砕くような、澄んだ高い音。ケイジは長い手足をばらばらに散らして、その場に崩れ落ちた。糸の切れた人形みたいだ。いきなり意識を刈りとられると、人は重力に負けて、ただしたたに落ちる。

おれは唖然《あぜん》として新しい王の力に魅せられていた。

「くそっ、兄貴、だいじょぶか」

キックの鬼から返事はない。セイジが背中から抜きだしたのは特殊警棒だった。手首のひと振りで五十センチほどに伸びた。先端には鈍く光る鉄球が溶接されている。やつは左手を軍パンの横ポケットにつっこんだ。あらわれた手には両刃のダガーナイフ。てのひらににぎりこんでつかう近接用の暗器だった。鋭い三角の刃の長さは十センチほどか。

「おれが相手だ」

セイジがむかってくると、タカシは最初の特殊警棒の突きをかわして、身体をいれ替えた。遠い距離には鉄の警棒、接近するとこまわりの効くダガーナイフ。よく考えられた得物のセレクトだった。タカシは足をとめずに、あらかじめ南京錠《なんきんじょう》を破っておいた工事用の足場をのぼっていく。

「こっちだ。一対一は怖いか。セイジ、どんな得物をつかってもいいぞ。銃はもってきてないのか」

タカシの作戦がわかった。兄を倒されて、激高している相手をさらに興奮させて、自分の有利な場所に誘いこむ。複雑に組まれた鉄パイプは特殊警棒の邪魔になる。工事用のアルミ製の足場の幅は約四十五センチ。タカシの振り幅がちいさく、正確なパンチにはもってこいだ。橋桁のしたから三分の一ほど、約十メートルの高さでタカシは振りむいた。おれのところからはよく見えないが、足元の足場板の幅は二枚分で一メートルもないだろう。

「セイジ、自分たちの罪を同じ街で育ったガキに背負わせるのは、どんな気分だ」

板倉弟は特殊警棒のフェイントをいれると、もう一歩前進して、タカシの腹をダガーナイフで狙った。紙一重《かみひとえ》でかわしたように見えたが、タカシの白シャツの腹が裂けた。血は流れていない。

「関係ねえ。強いやつが勝ち、弱いやつは負ける。おまえが池袋の新しいボスなんだってな。なに甘いことぬかしてんだよ」

今度は大振りの特殊警棒がタカシの肩口を襲った。余裕で避ける王さま。だが、つぎの一撃は予測不可能だった。セイジの警棒の先端がツバメ返しのように反転して、逆サイドからタカシの顔面に走った。おれは目を閉じそうになった。ボクシングでは裏拳《うらけん》は反則だ。そんなものを避けるようなディフェンスの練習はしていない。けれど、ここでもタカシの身体のスピードが、セイジを凌駕《りょうが》した。バックハンドをかわして、身体のななめ横に密着する。セイジはあせって、ダガーナイフを左へ伸ばそうとしたが、一瞬身体を寄せたあいだにタカシは左のボディフックをトリプルで打ちこんでいた。三発のパンチが、〇・五秒ほどのうちにセイジの腹に吸いこまれる。ステップバックした離れ際に、糸を引くような右のジャブストレートが伸びる。音などきこえなかった。二秒後蛇口を細く開いたようにセイジの鼻から血がこぼれる。やつは息が苦しくなって、口をあけて呼吸した。前歯も歯ぐきも真っ赤に染まる。

「くそーっ！」

セイジがでたらめに警棒とナイフを振りまわした。それを見て、おれはこの勝負の決着がわかった。あとはタカシがなにを望むか。王の意思のままにケリがつくだろう。とんとんと軽やかなステップを踏んで、タカシは金属の棒と両刃のナイフをかわす。なぜだろう。負けそうなやつが放つ打撃は、おれでさえかんたんによけられそうだ。力まかせなだけで、まるで切れがない。タカシは身体をいれ替えた。セイジがくるりと回転して、再びバックブローを放つ。一度見た打撃にタカシが反応しないはずがなかった。

セイジの身体が腰ほどの高さの黄色い金網の安全柵にむかって流れていく。タカシは一度身体を沈めると、ぐんと伸びあがった。重心があがり、また沈む。そのタイミングにあわせて、タケルに教わった打ちおろしの右ストレートを放った。ただしやつのグローブはセイジのこめかみは狙わない。その二十センチばかりした、肩のおおきな筋肉に正確に打ちこまれる。セイジは得物をもったまま安全柵を軸にくるりと回転した。

「うおっ」

やつは足場の外に一瞬だけ浮かんでいた。ダガーナイフを捨て、すぐに頭を抱える。そのまま回転しながら十メートルほどの高さから、コンクリートの地面に腰から落ちていった。濡れた砂を詰めた袋を落としたような重い音が、あたり一面を揺らした。タカシはうえからセイジを確認すると、工事現場の階段を跳ねるようにおりてきた。

セイジは意識はあるようだが、痛みでうなることしかできない。タカシは冷たくいった。

「おまえの右手、やっかいだな」

軽く蹴って、やつをあおむけに転がすとさっと足を引き、セイジの右ひじを踏み抜いた。太めの枝でも折るような乾いた音が鳴る。セイジのうなり声は、別におおきくならなかった。腰の痛みがひどすぎるのかもしれない。

「じゃあ、兄貴のほうも」

まだ意識を失ったままのケイジのところにいった。やつの長い左足を蹴り伸ばし、同じように踏みつける。困ったようにいう。

「うーん、やっぱり足のほうがじょうぶだな」

キックボクサーのひざを三回くらい地面まで踏み抜くと、満足したように顔をあげた。

「ふたりとも生きてる。だが、全治までは三カ月はかかるし、もう同じ威力で右足や警棒は振れないだろう。おれとしてはこんな獣と同じになるのは嫌だから、これで幕引きでいい。マコト、タケルの仇にどっちか殺したほうがいいと思うか」

タカシはガラス球のような目で、真剣におれにきいてくる。おれは震えながらいった。

「そんなもんでいいと思う。おまえは人なんか殺したらダメだ。そんな王さま、みんなから尊敬されないからな」

タカシは裂けたシャツの腹を押さえながらいった。

「お気にいりだったのに」

「シャツならおれが買ってやる。今の決戦を明日学校でどんなふうに、みんなに話すかたのしみでしょうがないよ。いこうぜ」

タカシは長い手足を伸ばし横たわる板倉兄弟を見た。弟のセイジにいう。

「いいか、やる気なら何度でも池袋にこい。おれはもう逃げない。おまえたちのことはわかった。もう怖くない。マコト、いこう」

おれたちはその場を離れた。タカシは携帯を抜くと、すこし離れた場所に配置してあったクルマ四台分の突撃隊に解散を命じた。おれとタカシはネオンのまばゆい池袋の駅まえにもどった。祝杯はミヤさんのゲーセンで、缶コーヒーであげた。

事件でない事件はこうして終了した。おれはその結果にとても満足している。そいつは今も変らない。


ケイジとセイジの板倉兄弟は、はうように現場を離れたようだ。

タクシーを拾い、埼玉の救急病院へ。タケルが遺体で見つかった現場近くで、謎の重傷を負って発見される。それがやつらにとっては最悪のシナリオだからな。少年Aと自分たちのつながりに、警察が気づくかもしれない。

ケイジは軽い脳震盪《のうしんとう》と左ひざの複雑骨折、セイジは右ひじの開放骨折（骨が突きでちゃう痛いやつ）とそれよりも重い腰骨と腰椎《ようつい》の粉砕骨折という結果になった。埼玉ライノーズのあいだでは、犯人探しが盛んにおこなわれたが、板倉兄弟はどちらとも固く口を結んで、秘密を漏らさなかったという。建設現場でふざけていて、いっしょに足場から落ちたのだそうだ。まあ、タカシひとりにやられたのが、はずかしかったのだろうと、おれは思う。

池袋の街にも、ついでに新宿や渋谷にも平和がもどった。今では都心のチームはゆるやかな連合を組んでいる。その年の冬に開かれた埼玉ライノーズの解散式にも、池袋・新宿・渋谷のボスが出席している。そのなかでもっとも若く、ただひとりキングと呼ばれていたのは、池袋の新王・安藤崇だけだ。

おれは結局、タカシのいいつけを守り、Gボーイズにははいらなかった。ミヤさんや森村さんには、ずいぶんとリクルートされたんだが、組織は苦手といって断り続けた。まあ、どんなに冷酷な氷の王さまにも、友達は必要だからな。

おれは山のように盛りあがったキャンドルを、ぼんやりと眺めていた。さすがにこれだけ集まると、ちいさな灯もかなりの明るさだ。サンシャインシティのむこうの空を見あげる。透明な青が広がり始めていた。もうすぐ朝がくる。タケルの命日の夜が明けていく。タカシがキャンドルのまえで立ちあがった。

「タケルって、おかしな兄貴だったなあ」

タカシにすべてを教え、自分のつくった王国を譲《ゆず》りわたし、さっさと地上から去ってしまった永遠のボス。おれは秋の初めの夜明けの空気を吸いこんでいう。

「そうかもな。タケルさんはキングにはなれなかった」

タカシは秋もののパンツの尻をはたいた。プラダかディオール。

「なあ、マコト、ここだけの話、ボスとキングって、どっちがえらいんだろうな」

おれは座ったままタカシに手を伸ばす。やつは冷えた手でつかんで、引きあげてくれた。

「どっちがえらいのかは、おれにはわからない。でも、どっちのほうが愛されたかは、よくわかるな。心あたたかなボスを慕うやつは多かったが、氷のキングを愛するやつはめったにいない」

このおれくらいしかなと、いおうとしたら右のジャブストレートが飛んできた。やつのこぶしは髪の毛数本の距離で急停止する。

「そいつはおれもわかってるさ。いつまでたっても、おれは兄貴には追いつけない。タケルが永遠の目標だ。だがな、マコト、ずっと負け続けるしかないライバルがいるというのは、なかなかいいもんだぞ。おまえに、おれがいるみたいにな」

タケルの命日なので、おれはセンチな王に口ごたえをするのはやめておいた。おれたちはあの夏の日々の冗談をいいながら、のんびりと池袋の街にもどった。これからふたりで新しいエスプレッソスタンドにいき、どえらく香りのいいコーヒーをのむつもりだ。

また一年の月日が流れ、キャンドルの夜がやってくるまで、おれたちは二度と池袋のボスについて口にしないだろう。年に一度くらいしか話もできない。それくらい貴重で輝かしい思い出があるって、案外いいもんだよ。

ここまでおれの話をきいてくれたみんな、また来年の秋が始まる日、東池袋の高架したで会おう。キャンドルをもってくるのを忘れるなよ。

キングもおれも、たくさんのＧボーイズも待っている。

その日まで、それぞれの街で、よいサバイバルを。

解説

辻村深月

二十歳の夏、『池袋ウエストゲートパーク』と出会った。

忘れもしない、大学時代の友達の家でのことだ。サークルの飲み会の帰りに寄ったその子の家の本棚に、『Ⅱ少年計数機』とともに並んでいるのを見つけ、「おもしろいの？」と聞いた。

この時に、「すごくおもしろいよ」と私に本を貸してくれた彼女に、今もずっと感謝している。

ちょうど、ドラマ化され、それが人気を博していた頃だった。みんなに人気があるものには容易に飛びつきたくない……という厄介な自意識を抱えていた私は、けれど、本を開いて最初の一編で、このシリーズにノックアウトされた。

人気があって当然だ、と思った。

何故ならそれは、私たちの小説だったから。

ものすごく軽やかで、とびきりの疾走感とともに心の奥にまで浸透してくる主人公マコトの語り口。生き生きとして、登場とともに圧倒的にビジュアルの浮かぶ魅力的なキャラクターたち。すぐ近くで起こりそうなほど生々しく感じられるのに、けれど最後までどうなるかわからずに展開する事件。

そして、その顚末に毎度胸を鷲摑みにされる。登場人物の気持ちに共感して号泣したり、笑ったり、あるいは、かっこいい、と身悶えたり。

十代を終えたばかりの私にとって、それは、夏の風が体を吹き抜けていったかのような、爽快な読書体験だった。

どうしてこんなにもこの作品を「私たちの小説」だと捉えたのか。その謎が解けたように思ったのは、それからしばらくして、著者の石田衣良さんが矢沢あいさんの名作少女漫画『天使なんかじゃない』完全版に寄稿された解説を読んだ時だった。

日本ではだいたい、学生の頃勉強ばかりしてぜんぜんモテなかっただろうなという人が、年を取り難しい顔をしてなにかをいうと評価されたりすることが多い。渋くて、硬くて、重いものがエライのだ。人生の不公平、社会の矛盾、恋愛なら不倫やどろどろの心中もの。そういうのが立派な芸術として認知されてきた。国語の教科書の最後に載ってる名作リストなんて、生きてるの嫌になっちゃったという嘆き節のオンパレードだ。だけど、ちょっと待ってもらいたい。あんたらの一生はそんなに苦しいことばかりだったのか。（中略）

なぜ、そんなことになっちゃうんだろうか。実は答はカンタンだ。それは、渋くて、硬くて、重いものを扱うほうが、加工が簡単で手間がかからないから。生きるヨロコビとか、ふわふわと軽くて甘いキモチとか、周囲に向かって開かれたみずみずしいココロなんかを表現するほうが、固めた泥を流れ作業で扱うよりずっとずっと難しいのだ。

この文章を読んだ時、まるで『池袋ウエストゲートパーク』と二度目の出会いを果たしたような気がした。私たちの好きな楽しさと明るさを備えたこのシリーズは、だからこそ私たちの味方の物語であり、無敵だ。大人が推奨する重たい物語を軽やかに打ち負かす強さと鋭さを持ちながら、「今」という時代の空気をこんなにも吸いこんでなお、少しも古びない普遍性を併せ持つ。マコトたちと一緒に感動したり、泣いたり、時には悔しさや怒りに駆られたり、とにかく自分自身の感情の全部を共振させながら、「こんなことが渋くて硬くて重たいものにできるか！」と、当時の私は、まるで自分が、敬遠する大人達にささやかな復讐を遂げた気持ちにすらなっていた。大人に押しつけられた

〝社会〟という名前の物語を、しなやかな私たちの物語が貫いてくれたと実感した瞬間だった。

そして、『池袋ウエストゲートパーク』と出会った二十歳の夏は、私にとって、安藤崇と出会った夏でもある。

池袋のギャングボーイズを束ねる王であるタカシは、私の憧れの人だ。〝恋〟でも〝妄想〟でも〝萌え〟でも、呼び名はなんと言ってもらっても構わない。二十代の頃の私はとにかくこの氷の王様に心底参っていた。夢中だった。

安藤崇は池袋のギャングボーイズを締めてるヘッド。いつも挨拶などしない。無駄がなく、速く、鋭い王様。（「エキサイタブルボーイ」Ⅰ）

タカシは軽蔑して鼻を鳴らしたようだった。年に二回しかない感情表現だ。一回目をこんなに早くつかうと、残り十一カ月どうするんだろう。（「西一番街テイクアウト」Ⅲ）

おれの声をきくと、すぐ王様に代わった。高貴な声は南極から話しているようにクールだ。（「スカウトマンズ・ブルース」Ⅴ）

タカシが北風のような息を吐いた。笑ったのだろう。(「伝説の星」V)
やつがおもしろがっているのがわかった。電話のむこう側の空気が急に冷えこんだからである。(「死に至る玩具」V)

銀メルセデスのRVに乗り、感情表現を滅多にせず、親友であるマコトからの電話にも転送や取り次ぎが入るのが当たり前。タカシの魅力は、なんといっても、マコトの目で語られる、こうした描写の数々だ。

そして、この氷の王様は、実は誰よりも熱い。曲がったことが嫌いで、公平で、そして優しい。

「冷たい」「氷」という言葉がどれだけ語られても、読者は彼の中にたぎるような熱を感じずにはいられない。タカシが物語史の中で圧倒的に新しかったのは、氷と熱を同時に感じさせる存在であった、という点だと思う。それこそ、ドライアイスのように、真っ白い冷気を背負って、触れる相手を一瞬で火傷させるような存在。クールで近寄りがたいけど、だからこそ、たまらなく魅力的な王様なのだ。

ページをめくっていて、タカシの名前が出てきた瞬間、「あ、出てくる」と思う。タカシが来てくれるなら大丈夫、と思える。大丈夫、と思っているのに、それでもわくわくと胸が高鳴り、ページをめくる手がますます加速する。

そして、タカシがさらに魅力的なのは、彼が生身の人間であって完璧すぎない、という点にもある。

強くて、イケメン、仲間に慕われるタカシも時には迷うし、マコトと衝突もする。恋だってする。しかし、完璧でない、ということは必ずしもマイナスでない。それはつまり、言い換えれば、タブーがない、ということだからだ。

完璧でないタカシは、タブーも限界もないヒーローだ。だからこそ、何でもできる。自由に私たちの前を飛び回り、超絶かっこいい英雄にもなれば、身近な友達のようにもなる。

「私たちの小説」である『池袋ウエストゲートパーク』を、私は、遠いヒーローたちの物語として読んだことは一度もない。たとえ私がどこに住む誰だろうと、どんなさえない存在だろうと、マコトやタカシなら、助けてくれる、友達になってくれる——そんな気持ちで、私は彼らを信頼し、そして読むことで日々を救われてきた。

本作『キング誕生』は、そんなタカシが、いかにして池袋の王となったのかを辿る物語だ。

『池袋ウエストゲートパーク』Ｉで、タカシが王となるまでの道筋は、マコトによってこんなふうに書かれている。

タカシは池袋のギャングボーイズを束ねてる頭で、すべてのチームの王様。どんなふうにやったかって？　こぶしとアタマで。

タカシの若かりし日の物語は、果たして、どんなふうだったのか。長年のファンとしては、まずはこの裏側を読める日が来たのかと、それだけでもう頭がくらくらしてしまう。

ただし、この話は確かにタカシの話だが、紛れもなく、私たちの好きな『池袋ウエストゲートパーク』の本編――マコトの物語でもある。『池袋』のすべての事件がそうであるように、『キング誕生』もまた、マコトの語りで始まる。あの最初の語りを読んでしまったら、もうそこで絶対にやめられない。

これから、おれがする話は、どんなふうにタケルが戦国状態だった池袋を制覇したか、どんなふうによその地域のチームと闘ったか。みんなのボスがなぜ死んでいったかという話。

そして、ボスの弟・タカシがどう兄貴のタケルの仇を討ち、決して笑わない池袋の絶対君主となったのか。やつが少年の心を捨て、非情のキングになるまでの物語だ。（p8）

主なストーリーは、そう要約される。

だけど、そこはさすがに『池袋ウエストゲートパーク』。少年たちが織りなす抗争の話とだけ思っていると、そこには私たちの現実と地続きの事件や光景が広がっていて、たちまち話の中に引き込まれてしまう。夜道を襲ってくるノックアウト強盗、ＫＯキッドの正体や、おれおれ詐欺に集まる少年たち。――私たちの読みたかった、紛れもない池袋の物語。タカシとマコトの若かりし日々の物語がここにある。

そして、気づくのだ。非情な氷の王の中に、なぜ、私たちは熱や優しさを見ることができるのか。それは、おそらく、マコトが彼を見る目線と語りに、愛があればこそなのだ、ということに。

『キング誕生』の過程でタカシが失うものは、兄のタケルだけではない。非情なキングになる前の微笑み、王でない一人の少年であった日々――、そんなタカシを見守ってきたマコトだからこそ、私たちは、彼の目線というフィルターを通した氷の王を、こんなにもかっこよく、愛おしく、そして、身近に感じるのかもしれない。

そして、大事な点をもう一つ。石田さんの描く『池袋ウエストゲートパーク』がこんなにも面白いのは、石田さんが「物語」を諦めていないからだ。石田さんと、そして、主人公のマコトが。

作中、みんなの王であるタケルの勇姿を、マコトはこんなふうにして語っている。

つかみはオーケー。ガキどもは息をのんで、おれの話にききいっている。それは山井も同じだった。おれたちはみな物語という弱点をもっている。つぎにどうなるか、気になってしかたないのだ。(p38)

生徒の三分の一が学校をドロップアウトする不良の名門校の生徒たちだって、物語に飢えている。だからこそ、マコトの武器は〝語り〟と〝情報〟になる。

私たちの日常は、めまぐるしく、いろんなものに追い立てられている。そういう時、物語という存在は時に軽んじられがちだし、後回しにされる。普段は本を読まないような子たちは、きっと、物語など求めていないだろうとさえ思われてしまう。だけど、マコトはどんな人間にも物語が必要であることを無条件に肯定する。その力を信じている。マコトの語る、タカシの『キング誕生』は、そんなふうに物語に飢えた私たちが、今ほしくてほしくてたまらなかった甘いジュースを、乾いた喉にもらうような、そんな一冊なのだ。

もしこの本からタカシを好きになった人がいるなら、私のオススメは、たくさんあるけど、「サンシャイン通り内戦」（I収録）と「西一番街テイクアウト」（Ⅲ『骨音』収録）。

——ああ、でもタカシが恋をする「鬼子母神ランダウン」（Ⅹ『PRIDE』収録）もいいし、自分のもとを去ったツインタワーの双子を気遣う「東口ラーメンライン」（Ⅳ『電子の星』収録）も……、と上げていけばきりがない。あと、「バーン・ダウン・ザ・ハウス」（Ⅶ『Gボーイズ冬戦争』収録）の中には、マコトとタカシのものすごくいい掛け合いの一幕があって、これを読んだ私は思わずのけぞったくらいなので、そちらもぜひ！

どの話も、最初に一冊開いたら、おそらく他の巻も全部、浴びるように読み干す羽目になるので、どうぞご注意を。実を言えば、今からそんな贅沢ができる人のことが、私はすごく――ものすごく、羨ましい。

人生に好きな本と物語を持てたこと、今日までそれをシリーズで追いかけてこられたこと、タカシのような好きな人が自分にいること。その全部が、誇らしい。

そうした感謝を胸に、今、本を閉じる多くの読者がいるだろうけれど、その代表として『キング誕生』に今この文章を書けることを、とても光栄に思う。

（作家）

書き下ろし

文春文庫

キング誕《たん》生《じょう》
池袋《いけぶくろ》ウエストゲートパーク青春篇《せいしゅんへん》

定価はカバーに
表示してあります

2014年9月10日　第1刷

著　者　石《いし》田《だ》衣《い》良《ら》

発行者　羽鳥好之
発行所　株式会社 文藝春秋

東京都千代田区紀尾井町 3-23　〒102-8008
TEL 03・3265・1211
文藝春秋ホームページ　http://www.bunshun.co.jp

落丁、乱丁本は、お手数ですが小社製作部宛お送り下さい。送料小社負担でお取替致します。

印刷・凸版印刷　製本・加藤製本
Printed in Japan
ISBN978-4-16-790178-3

（　）内は解説者。品切の節はご容赦下さい。

石田衣良
Gボーイズ冬戦争
池袋ウエストゲートパークⅦ

鉄の結束を誇るGボーイズに生じた異変。ナンバー2・ヒロトがキング・タカシに叛旗を翻したのだ。窮地に陥るタカシをマコトは救えるのか？　表題作はじめ四篇を収録。（大矢博子）

い-47-11

石田衣良
非正規レジスタンス
池袋ウエストゲートパークⅧ

フリーターズユニオンのメンバーが次々と襲われる。メイド服姿のリーダーと共に、格差社会に巣食う悪徳人材派遣会社に挑むマコト。意外な犯人とは？　シリーズ第八弾。（新津保建秀）

い-47-14

石田衣良
ドラゴン・ティアーズ――龍涙《りゅうるい》
池袋ウエストゲートパークⅨ

大人気「池袋ウエストゲートパーク」シリーズ第九弾。時給300円弱。茨城の〝奴隷工場〟から中国人少女が脱走。捜索を頼まれたマコトはチャイナタウンの裏組織に近づく。（青木千恵）

い-47-17

石田衣良
PRIDE――プライド
池袋ウエストゲートパークⅩ

四人組の暴行魔を探してほしい――ちぎれたネックレスを下げた美女の依頼で、マコトはあるホームレス自立支援組織を調べ始めるが……。IWGPシリーズ第1期完結10巻目！

い-47-18

石田衣良
IWGPコンプリートガイド

創作秘話から、全エピソード解題、キャラクター紹介まで、IWGPの世界を堪能出来るガイドブック決定版。短篇『北口アンダードッグス』を所収。文庫オリジナル特典付き！

い-47-19

石田衣良
うつくしい子ども

九歳の少女が殺された。犯人は僕の弟！　なぜ、殺したんだろう。十三歳の弟の心の深部と真実を求め、兄は調査を始める。少年の孤独な闘いと成長を描く感動のミステリー。（村上貴史）

い-47-2

石田衣良
波のうえの魔術師

謎の老投資家とプータロー青年のコンビが、預金量第三位の大都市銀行を相手に知力の限りを尽くし復讐に挑む。連続TVドラマ化された新世代の経済クライムサスペンス。（西上心太）

い-47-4

文春文庫　最新刊

花酔ひ　村山由佳
着物を軸に交差する二組の夫婦。かつてなく猥雑で美しい官能文学

キング誕生　池袋ウエストゲートパーク青春篇　石田衣良
あのタカシがいかに氷のキングになったか？　文庫書き下ろし長編！

幻影の星　白石一文
「未来のコート」(?)の謎を追う武夫は、やがてこの世界の秘密に触れる

朝の霧　山本一力
長宗我部元親の妹を娶った名将・波川玄蕃。幸せな日々は悲劇へ舵を切る

警視庁公安部・青山望　**濁流資金**　濱嘉之
仮想通貨取引所の社長殺害事件と心不全による連続不審死。背後に広がる闇

八丁堀吟味帳「鬼彦組」　**心変わり**　鳥羽亮
幕府の御用だと偽り、強盗殺人を働く「御用党」。鬼彦組は窮地に陥った

花冠の志士　小説久坂玄瑞　古川薫
二〇一五年のNHK大河ドラマ「花燃ゆ」関連本の決定版

お順　上下　諸田玲子
意志つよく、愛に生きた勝海舟の妹を描く幕末明治歴史小説

氷山の南　池澤夏樹
アイヌの血を引くジンは南極海への船に密航する。新しい海洋冒険小説の誕生

平蔵の首　逢坂剛
深編笠の下、正体を見せぬ平蔵。ハードボイルド時代小説！

長嶋少年　ねじめ正一
逆境にありながら、ひたすら長嶋に憧れ野球に打ち込む少年の成長を描く

遠い接近〈新装版〉　松本清張
山尾信治は復員後、自分を召集した兵事係を見つけ出し復讐を誓う

二日酔い主義傑作選　**銀座の花売り娘**　伊集院静
飲む。打つ。書く。言い知れぬ哀しみを抱えながらひたむきに生きる

無菌病棟より愛をこめて　加納朋子
急性白血病の宣告を受け緊急入院。人気作家が綴る涙と笑いに満ちた闘病記

食といのち　辰巳芳子
「食といのち」をめぐる福岡伸一ら各界の第一人者四人との対談集

藤原正彦、美子のぶらり歴史散歩　藤原正彦・美子
多磨霊園、本郷、皇居、護国寺、鎌倉、諏訪を歩き、近代日本を語り合う

習近平　なぜ暴走するのか　矢板明夫
ベールに包まれた登場から、山積する問題に、彼がどう処するのか

建築探偵術入門　東京建築探偵団
都市開発の波にのまれて取り壊されてしまった懐かしいビルも多数収録

ブーメラン　欧州から恐慌が返ってくる　マイケル・ルイス　東江一紀訳
サブプライム危機で大儲けした男たちが次に狙うのは「国家の破綻」

その女アレックス　ピエール・ルメートル　橘明美訳
監禁され、死を目前にした女アレックス。予想を裏切る究極のサスペンス

ジブリの教科書7　**紅の豚**　スタジオジブリ＋文春文庫編
「カッコイイとは、こういうことさ」人気作家・学者が魅力を読み解く

シネマ・コミック7　**紅の豚**　原作・脚本・監督　宮崎駿
舞台はイタリア・アドリア海。空賊相手に名を馳せる1匹の豚がいた……